CROCIERA AEREA DEL DECENNALE 1933

Dello stesso autore in edizione Garzanti:
Una finestra vistalago
La signorina Tecla Manzi
Un amore di zitella
La figlia del podestà
Il procuratore
Olive comprese
Il segreto di Ortelia
La modista
Dopo lunga e penosa malattia
Almeno il cappello
Pianoforte vendesi

ANDREA VITALI

LA MAMMA DEL SOLE

Garzanti

Prima edizione: marzo 2010

ISBN 978-88-11-68632-3

Printed in Italy

www.garzantilibri.it

LA MAMMA DEL SOLE

I personaggi descritti e le situazioni raccontate in questo romanzo sono frutto di fantasia. I luoghi, invece, sono solo in parte reali.

1.

Paura vera.
La paura dei bambini.
Infatti aveva sei anni ed era estate.
Agosto, un sole che ammazzava i cani.
Da un quarto d'ora picchiava i piedi per terra, frignava, voleva uscire, andare a giocare per le strade di Siliqua. Per giunta stava disturbando anche gli altri che, dopo il pranzo, erano saliti nelle stanze di sopra per schiacciare un sonnellino.
Allora zia Ninna aveva smesso di lavare i piatti, gli si era avvicinata, s'era ingobbita, gli aveva parlato all'orecchio.
«C'è la mamma del sole fuori.»
L'alito di zia Ninna sapeva di brodo di pecora, il tono della sua voce di mistero. Gli era sembrata una strega. Aveva incassato la testa tra le spalle. Non aveva osato chiedere come fosse fatta la mamma del sole, cosa facesse di tanto cattivo. Gli era passata, però, la voglia di uscire.
E s'era arreso al consiglio di zia Ninna, tentando di sonnecchiare, come, ronfando della grossa, stavano facendo tutti gli altri.

2.

Era il quarto mese di luglio che il brigadiere dei carabinieri Efisio Mannu passava sul continente. Il primo, però, così caldo e afoso. Per quello gli era tornata in mente la mamma del sole. Sole che, tuttavia, lì sul lago, si accompagnava a qualche altro parente da tenere alla larga. L'umidità, per esempio, che appiccicava i vestiti alla pelle e pesava sul respiro. E poi incollava i pensieri uno all'altro e faceva sembrare le donne meno desiderabili. Impossibile combatterla. Serviva a poco, niente del tutto, persino il metodo, quasi un brevetto, del maresciallo maggiore Ernesto Maccadò: aprire qui e chiudere là porte e finestre per creare correnti d'aria. Il risultato era che a muoversi, da una stanza all'altra, era sempre aria calda e pesante.

Dormire, come gli aveva consigliato, inascoltata, zia Ninna vent'anni prima. L'avrebbe fatto, il brigadiere Mannu. Se non fosse stato per le mosche, razza bastarda. Una soprattutto. Rognosa. Che era andata a infilarsi su per il naso, nell'orecchio e tra le labbra ogni volta che aveva tentato di chiudere gli occhi. Ma forse più noioso e rognoso della mosca, quel pomeriggio, era il carabiniere Riccardo Milagra che, alla radio, stava cercando di seguire tutti i notiziari che davano conto della crociera del decennale, voluta da Italo Balbo per celebrare i primi dieci anni della Regia Aeronautica come arma autonoma.

Era, quella radio, il frutto del primo e sino ad allora unico arresto che il carabiniere aveva effettuato nella sua carriera. Più che un arresto, in verità, era stato un equivoco. Era successo verso la metà del mese precedente. Non sapendo come trascorrere il tempo fino al momento del sonno, una sera il Milagra era andato dalle parti del Mok, alla periferia del paese, a guardare i pescatori di agoni. Tornando, quando era già buio, si era insospettito nel notare una figura furtiva che usciva da villa Sassella, di proprietà dell'omonimo ingegnere. Il passo cauto dell'ombra che reggeva tra le mani un ingombro notevole l'aveva messo all'erta, mentre le finestre buie della villa l'avevano fatto certo che quello fosse un ladro in piena azione. L'aveva atteso al cancello, l'aveva lasciato uscire e fare qualche passo, dopodiché l'aveva beccato.

All'alt del Milagra il presunto ladro s'era fermato. Quando però il carabiniere gli aveva comunicato i suoi sospetti, s'era messo a ridere.

Ma che furto e furto!

Dopo aver passato l'intera giornata e anche parte della sera a imbiancare il salone della villa, l'ingegnere gli aveva chiesto la cortesia di liberarlo di quella cassetta piena di oggetti ormai inutili, carabattole, tra cui quella radio.

«Chiederemo all'ingegnere», aveva obiettato il Milagra.

Allora al sospettato erano girati i coglioni.

Cristo, dopo una giornata di lavoro che gli aveva spaccato la schiena, doveva anche mettersi a discutere con...

Ma, appunto, s'era chiesto.

«Voi chi siete?»

«Carabiniere!» aveva risposto il Milagra.

«E la divisa?»

Il Milagra era diventato rosso: né divisa né tesserino di riconoscimento. Ma non aveva desistito.

«Venite con me in caserma», aveva ribattuto, «il mio superiore ve lo confermerà.»

E, senza mollare la presa, aveva accompagnato il soggetto con tanto di carico al cospetto del brigadiere Mannu.

L'equivoco s'era risolto la mattina seguente quando,

davanti al maresciallo Maccadò, uno scocciatissimo ingegner Sassella aveva confermato la versione del sospetto ladro: la cassa che aveva asportato dalla sua villa conteneva solo oggetti inutili, robaccia da buttare via, compresa quella radio ormai morta, che lui aveva sostituito da tempo con un modernissimo apparecchio a valvole.

La presunta refurtiva era rimasta lì, in caserma, nonostante l'imbianchino avesse promesso di passare a ritirarla per destinarla al fiume. Il Milagra, dopo qualche giorno, s'era incaricato di fare piazza pulita.

Ma la radio no, non l'aveva buttata via. Si trattava di un ricevitore Ruma a galena prodotto in Italia negli anni Venti, con tanto di cuffia modello EJA 500. L'aveva nascosta sotto la sua branda e passato i momenti liberi dei giorni successivi trafficando attorno all'aggeggio. Evidentemente il giovanotto aveva una certa conoscenza di quelle trappole poiché una mattina, verso fine mese, s'era presentato al maresciallo Maccadò e, imbarazzato come se gli stesse facendo una dichiarazione d'amore, aveva chiesto il permesso di tenere per sé la radio che aveva riportato in vita. Il maresciallo non aveva opposto obiezioni. Anzi, aveva personalmente informato brigadiere e appuntato di aver autorizzato il Milagra a tenersi la radio e ad ascoltarla.

«Purché non in orario di servizio!»

Il Milagra aveva ringraziato dapprima il maresciallo e poi il cielo, che gli aveva consentito di arrivare in tempo per seguire l'impresa della crociera.

I trasvolatori erano infatti partiti da Orbetello quella mattina, dopo alcuni rinvii dovuti al maltempo, ed erano già arrivati ad Amsterdam, prima tappa dell'impresa.

Per non perdere gli aggiornamenti, il Milagra aveva chiesto al brigadiere il permesso di tenere l'apparecchio sempre acceso, benché fosse in servizio. Il permesso era stato accordato, a patto che tenesse almeno un orecchio libero: spesso però il segnale audio andava a farsi benedire e per ritrovarlo il Milagra doveva impiegare dei bei quarti d'ora, spostando il contatto a molla, il «baffo di gatto», su punti diversi del cristallo di galena. Alle scorregge che uscivano dalle cuffie dell'apparecchio si mischiavano le imprecazioni del carabiniere. Solo quando sui due, uomo e radio, calava il silenzio, il brigadiere capiva che il Milagra, come accarezzasse un neonato, stava manovrando la manopola per regolare la sintonia.

«Milagra!» gridò a un certo punto il Mannu.

«Comandi», rispose quello apparendo subito dopo alla soglia dell'ufficio.

Il Mannu sorrise.

«Di dove sei tu?»

«Voghera, brigadiere.»

«Voghera? Con quel cognome?»

«Sì, brigadiere. I miei sono abruzzesi ma si sono trasferiti a Voghera e io sono nato lì.»

«Ah!» fece il Mannu. «E a Voghera ce l'avete la mamma del sole?»

La fronte del Milagra si arricciò.

Il brigadiere picchiò una violentissima manata sulla scrivania.

«Brigadiere, scusate...» mormorò il Milagra. Ma che cazzo! Se non ne sapeva niente, cosa poteva farci? Cos'era 'sta mamma del sole? A Voghera non ne aveva mai sentito parlare.

«Va bene, fa niente», disse il Mannu sorridendo, con la mano, sotto cui giaceva finalmente spiaccicata la mosca rognosa, ancora ferma sulla scrivania.

3.

Il bollettino sui trasvolatori, trasmesso alle diciotto, si interruppe a metà.

Una scarica elettrica più forte delle altre perforò il timpano del Milagra, che reagì con un'imprecazione. Poi la radio tacque, muta. Il brigadiere Mannu, pur stando nel suo ufficio, comprese dall'improvviso silenzio ciò che era accaduto e si predispose a sopportare l'ormai consueto rosario di maledizioni con le quali il carabiniere cercava di riparare ai guasti. Invece niente. Silenzio.

Che, insieme con la radio, fosse morto anche il Milagra?

Non aveva voglia di alzarsi per andare a controllare. Attese che passassero un paio di minuti, nel corso dei quali gli parve che, stante l'assoluta assenza di rumori, il caldo ne approfittasse per farsi più opprimente. Sapeva bene, invece, che la colpa era dell'ora, quell'ora canaglia durante la quale sembrava che le strade, i muri delle case, il lago volessero restituire parte del calore ricevuto durante la giornata, mentre dal cielo una mano invisibile cercava di impedirlo. E loro lì in mezzo, immersi in quel brodo, a lessare.

Gli venne un'idea.

«Milagra!» chiamò.

Nessuna risposta.

Che fosse morto davvero? Poteva essere che una scarica elettrica l'avesse preso e steso?

Si alzò per andare a controllare.

Morto non gli sembrava. Però qualcosa doveva essere successo. Il Milagra, che per l'occasione s'era piazzato nell'ufficio dell'appuntato Misfatti, era seduto, il mento appoggiato all'angolo della scrivania.

Gli occhi, sgranati, fissavano la radio muta. Le cuffie penzolavano da un lato del tavolo. Non s'era accorto del brigadiere che lo contemplava dalla soglia.

«Milagra, che c'è?» chiese il Mannu.

«È morto», rispose il carabiniere roteando appena gli occhi verso di lui.

«Morta, semmai», lo corresse il brigadiere.

Ma il Milagra voleva proprio dire morto. Si riferiva al motorista Ugo Quintavalle che, durante la manovra di atterraggio nelle acque di Amsterdam, aveva perso la vita a causa del rovesciamento del suo 55 I-DINI.

«Sono i rischi del mestiere», commentò il Mannu.

«Già», mormorò il Milagra, che aveva vergogna a dirlo ma si sentiva lui stesso morto perché, con la fantasia, s'era aggregato alle squadriglie in volo verso Chicago.

Fu una notte insonne per entrambi quella che seguì. Il Milagra non fece altro che pensare al morto, lo vedeva in divisa, composto nella bara e, nonostante tutto, con un sorriso ineffabile sul viso, come se fosse contento della fine che aveva fatto. Al brigadiere invece sembrò che il lago approfittasse del buio per uscire dai suoi confini, piazzare le sue mani umide dappertutto, anche sulla sua faccia.

Sudò l'intera notte il brigadiere Mannu, dormendo appena. E convincendosi via via nel dormiveglia, a mano a mano che l'alba si approssimava, che il sistema brevettato dal signor maresciallo Maccadò per creare all'interno della caserma correnti d'aria aprendo a turno porte e finestre forse abbisognava di correttivi.

Si svegliò, se di sveglia si può parlare dopo una tale nottata, convinto dell'idea. Tanto che, domenica mattina, la propose a un funereo Milagra.

«Dai», attaccò il brigadiere, «facciamo un po' di movimento.»

Gli spiegò l'idea che gli era venuta poco prima: cercare nuove alternative al sistema brevettato dal maresciallo Maccadò per creare all'interno della caserma correnti d'aria aprendo a turno porte e finestre.

«Proverei ad aprire la finestruola della cella, quella della cucina, quella del cesso. E appena appena la porta dell'appartamento di sopra.»

Verso sera un colpo di montivo che aveva trovato il giro giusto fece sbattere la finestra del cesso. Un rumore di vetri rotti raggiunse le orecchie di brigadiere e carabiniere. Accorsero entrambi a prendere visione del danno. Danno piccolo – il vetro s'era staccato, scivolando a terra e rompendosi in due frammenti –, ma sufficiente a mettere in crisi il magro bilancio della caserma.

«E adesso?» chiese il Milagra.

Il Mannu rifletté un istante.

«Rimettiamolo a posto», disse.

I due pezzi combaciavano, erano stati fortunati.

«Però», obiettò il Milagra, «il prossimo che aprirà la finestra rischia di farli cadere.»

«Appunto», rispose il brigadiere Mannu, mentre al campanile battevano le sette della sera.

4.

Il pallone superò il cancello dell'oratorio, seguito da grida di bambini. Piombò sul sagrato, fece un paio di rimbalzi e finì per appoggiarsi accanto alla porta del Bar Santa Marta.

Dalle grida, Aurelio Pereni capì cos'era successo: capitava almeno dieci volte nell'arco di un pomeriggio domenicale. Quando il pallone finiva in piazza della chiesa, i bambini dell'oratorio gridavano come ossessi. Se invece capitava sui campi di bocce della Società Operaia di Mutuo Soccorso, che confinava con il campetto di calcio, nessuno osava dire «be'». Bisognava affidarsi al buon cuore degli uomini che frequentavano il circolo e sperare che lo rimandassero indietro: anche sgonfio, com'era già successo. E qualcuno, a volte, per fargliela al prete, il pallone se l'era portato a casa e la partita era finita lì.

Il Pereni uscì dal bar, nella piazza calcinata dal sole. Aveva un sonno che quasi non stava in piedi. Non fosse stato perché aveva promesso al prevosto di tenere aperto il bar, a quell'ora se ne sarebbe stato a casa, a dormicchiare nella sua stanza dai muri spessi. D'estate, non c'era come stare in Pradegiana, dove abitava, per non patire il caldo. Invece era lì, a badare a quattro vecchi che giocavano a carte.

Nella piazza la luce era quasi insostenibile. Mai visto un luglio così caldo e umido, da togliere il fiato.

Serrò le palpebre. Raccolse sbuffando il pallone. Quando si raddrizzò vide il prete che attraversava la piazza. Era curvo, sotto il peso del caldo e degli anni, settantotto o settantanove, l'Aurelio non se lo ricordava.

Con il pallone tra le mani, si avviò verso il cancello dell'oratorio e lo lanciò dentro.

«È l'ultima volta, oggi!» gridò.

Le urla dei bambini coprirono l'avvertimento.

Ritornò verso il bar. La voce alle sue spalle lo bloccò sulla soglia.

Voce di vecchia.

«Scusate», disse.

Il Pereni si girò.

Più che vecchia, cadente.

«Dite.»

Il viso era un intrico di rughe. Occhi rossi, gambe gonfie.

Che gusto ci provavano questi vecchi ad andarsene in giro con il caldo che faceva? Oltretutto vestiti pesante, don Carlo con il sottanone, questa con le maniche lunghe.

«Potete dirmi dove posso trovare il signor arciprete?»

Arciprete?, si chiese l'Aurelio.

«Don Carlo Gheratti, volete dire?»

La donna fece cenno di sì.

«È appena entrato in chiesa», rispose.

«Grazie», disse la vecchia.

Poi si avviò, lentamente, a passi larghi.

Ma perché non usava un bastone?, si domandò l'Aurelio.

Quindi rientrò nel bar, scuotendo la testa: lui, da vecchio, non avrebbe fatto di certo quella fine lì.

5.

Si godeva il suo bel paese, don Carlo Gheratti. Adesso, a quasi ottant'anni. Il dolce paese che aveva sempre avuto nel cuore e che il destino gli aveva negato, a cominciare dal momento in cui era entrato nel seminario per chierici poveri di Monza.

Povertà, mica aveva vergogna di quella parola.

Per povertà, nient'altro, il giovane Carlo Gheratti, quarto di otto figli, aveva imboccato quella via. Di vocazione all'inizio c'era solo la parola, un concetto astratto. Era maturata però, e per fortuna. Via via, studiando e ascoltando. Una vocazione tranquilla e modesta, seguendo la quale don Carlo aveva concepito la certezza che un premio finale ci sarebbe stato, e su questa terra: tornare al paese e goderselo fino alla fine dei suoi giorni. Per anni, tutte le sere, il desiderio che aveva sussurrato tra sé dopo le preghiere era sempre stato quello. E finalmente, dopo aver retto per quindici anni la parrocchia di Gravedona, una delle tre antiche pievi del Lario, acquisendo il diritto al titolo di arciprete, il sogno si era realizzato. Così adesso si godeva il suo paese.

Come lo facesse, erano affari suoi, piacere suo personale.

Seguiva l'istinto. Starsene per delle mezze mattine affacciato alla finestra dell'appartamento che gli era stato assegnato in piazza San Giorgio a guardare i piccioni volare, per esempio. O il cielo, con un mezzo sorriso che a chi lo vedeva sembrava stupido solo perché nella bocca del sacerdote mancava qualche dente. Ascoltare, a occhi chiusi, le voci che provenivano dall'oratorio, infantili rondini che purtroppo non sapevano ciò che stavano consumando a calci contro un pallone.

Anche, da quando era cominciata l'estate, passare parte del pomeriggio in chiesa, chiuso nel confessionale.

«Si sta belli freschi», aveva detto a mo' di giustificazione al prevosto titolare e al coadiutore. Ubbie di un vecchio prete a riposo, avevano pensato i due.

Ma un sacerdote può davvero essere a riposo?

No.

Così, perlomeno, aveva pensato Cicilla Salò, detta Gnagnolina, una sderenata senza età, nota a coloro che si affidavano alle sue cure per sconfiggere vermi, sciatiche, balbuzie ed emorroidi, che passava le domeniche estive seduta sul primo gradino della scalinata che portava all'Orrido vendendo cartoline («Gnagnoline», come le chiamava lei, da cui, appunto, il soprannome), stinte visioni panoramiche del paese e del suo lago. Era stata proprio lei la prima a entrare in chiesa una domenica pomeriggio per chiedere a don Carlo se poteva confessarla. E il sacerdote s'era prestato ben volentieri. Così la Gnagnolina aveva ritenuto che fosse suo preciso dovere, oltre che offrire miagolando la propria merce, spargere la voce intorno a quella opportunità.

Pure al sagrestano Ulderico Frattazzi, detto Bigè, non era sfuggito il singolare comportamento di don Carlo. Scapolo e curioso come una scimmia, il Frattazzi l'aveva spesso pedinato, entrando però in chiesa dalla sagrestia e passando per il coro anziché dal portone principale. Quando aveva capito che il più delle volte l'arciprete, nel confessionale, s'addormentava o al massimo passava un'oretta bisbigliando preghiere, era stato sul punto di lasciarlo perdere. Ma proprio due o tre domeniche prima aveva scoperto che qualcuno ne approfittava per confessarsi e il fatto aveva acceso la sua curiosità.

Cosa c'era di meglio per passare un po' di tempo se non ascoltare i peccati altrui?

Sino ad allora però, più che peccati da un pateravegloria al massimo come penitenza, confessati da vecchie zifolanti, non aveva raccolto. Nonostante ciò, pure quella domenica il Bigè, che altrimenti non avrebbe saputo come far trascorrere il tempo, s'era appostato. Aveva addirittura anticipato don Carlo: ormai sapeva che il confessionale preferito dall'arciprete era il primo dei tre che stavano sotto la navata di destra.

Quando udì cigolare il portone, segno che qualcun altro stava entrando, il Bigè si mise in allerta.

Sperava. Con la fantasia aveva rincorso più volte i peccati di una giovane sposa. Invece, quando il portone tornò a chiudersi, il silenzio della chiesa si riempì di un ansimare. Di vecchia, o vecchio. Poco importava. Sarebbero comunque stati peccati senza sale.

La donna stette ferma quel tanto che le serviva per riprendere fiato. Aspettava che gli occhi si adattassero all'ombra. Dopodiché chiamò: «Signor arciprete?».

La voce rimbombò sotto la volta del soffitto.

Vecchia!, diagnosticò il Bigè.

Però...

Il Bigè non era mica scemo. Pochi, pochissimi chiamavano don Carlo con quel titolo. Perlopiù «reverendo», o semplicemente «don Carlo».

Il sacerdote scostò un istante la tendina del confessionale, giusto per segnalare alla donna, una sagoma a lato del fonte battesimale, dove fosse.

La donna riprese a camminare. Strascicava i piedi. Sotto il suo peso il legno dell'inginocchiatoio scricchiolò, un profumo di lavanda invase il confessionale.

«Don Carlo», salutò.

«Dite», rispose il sacerdote.

«Sono Maria Domenici.»

«Maria?»

Il Bigè incassò la testa tra le spalle, stupefatto. Il tono del sacerdote infatti era cambiato all'improvviso. Persino la voce sembrava quella di un altro.

«Maria», mormorò il Bigè.

E come diavolo aveva detto di chiamarsi?

Lo scaccino si sentiva le orecchie rosso fuoco. Ma i due non parlavano più!

Cos'erano, morti? C'era un silenzio tale che si sentivano distintamente le grida dell'oratorio, il fracasso dei passeri, il sordo rumore del caldo...

«Cosa ti porta qui?» domandò infine don Carlo.

Meno male!

Il Bigè sospese addirittura il respiro.

Appunto, pensò: cosa la portava lì?

«Devo chiedervi una cosa», sussurrò la donna.

«Dimmi pure», rispose don Carlo, in perfetta sintonia con il pensiero del Bigè.

6.

Per il battello *Nibbio* quel giorno sarebbe stato l'ultimo della sua vita. Costruito presso il Regio Arsenale di Venezia, era stato varato nel 1908. Aveva un motore diesel a due tempi con propulsione a elica, ormai stanco. Due settimane prima, sulla tratta Varenna-Bellano, s'era fermato a metà strada.

Quella domenica lo comandava Gaetano Zemiani, di Torriggia, soggetto che portava in giro con noncuranza gli oltre cento chili del suo peso, per buona parte concentrati nell'addome, frutto dell'intimità che lo legava da anni agli osti delle trattorie di mezzo lago di Como.

Il *Nibbio* poteva caricare quarantasette persone. Alle diciassette e quaranta si staccò dal molo di Bellano con una quarantina di passeggeri, perlopiù diretti a Bellagio.

La donna era salita per ultima. Era sfinita, si sentiva le gambe calde, pesanti, come se fossero sul punto di scoppiare. Un turista straniero, tedesco, in canottiera e pantaloncini, le cedette il posto. Dopo cinque minuti di navigazione la donna si alzò, aveva necessità di andare in bagno. Il tedesco le disse qualcosa che lei non comprese. L'uomo allora allungò il braccio. La donna capì, si appoggiò, si lasciò accompagnare. Come la maggior parte dei passeggeri il tedesco scese a Bellagio. Il battello, praticamente vuoto, fece rotta su Cadenabbia, poi toccò Dervio, quindi salì verso Cremia, Dongo e infine Gravedona.

Prima di scendere dal *Nibbio,* il comandante Zemiani volle brindare a quell'ultimo viaggio assieme agli altri due uomini dell'equipaggio, il bellagino Amedeo Stringa e il trevigiano Veniero Tumian. Lo fecero a prua, picchiando gran manate sul fianco del battello, levando in alto i calici e infine lanciandoli nel lago.

Poi andarono a cena. La loro giornata di lavoro non era ancora finita.

7.

Più o meno verso quell'ora al Pio Ospizio San Generoso di Gravedona si accorsero che la donna era assente. Fu la suora che serviva la cena a dare l'allarme, dopo aver controllato che non fosse già nella sua camera da letto. L'ospite Maria Domenici non c'era: lo annunciò alla superiora, che si stava godendo un momento di pace dopo la confusione della giornata.

Era stata una domenica particolare per il suo istituto. Di festa, visite, messa solenne e pranzo in comune con ospiti e parenti per celebrare l'anniversario della scomparsa della nobildonna milanese Mercede Canzi, che nel 1919 aveva lasciato in eredità alle suore Adoratrici la villa nella quale aveva abitato nell'ultima parte della sua vita e che era diventata il Pio Ospizio San Generoso. Una targa all'ingresso ricordava il munifico atto, la data di nascita e di morte della nobildonna, Milano 1849 - Gravedona 1919, e invitava chiunque la leggesse a una preghiera.

Un'altra ragione aveva contribuito a rendere ancora più particolare quella domenica. Da una settimana all'incirca l'amministrazione comunale di Gravedona aveva comunicato che nel periodo tra il 1° e il 30 settembre sarebbero state esumate le salme della parte più antica del cimitero. I parenti, affini o interessati che avessero avuto intenzione di recuperare i resti dei loro cari avrebbero dovuto rivolgersi alla segreteria del comune.

Mercede Canzi sarebbe stata tra le salme esumate: non

aveva al mondo alcun parente, le sue ossa sarebbero finite nella fossa comune.

Al termine della messa la superiora aveva chiesto un momento di attenzione e aveva dato comunicazione di questi fatti. Aveva aggiunto che tutti coloro che frequentavano l'istituto, suore, ospiti e visitatori, si potevano considerare a buon diritto l'unica vera famiglia della benefattrice e aveva proposto una colletta che permettesse di acquistare un loculo dove ricoverare i resti della Canzi. Nessuno tra i parenti e i visitatori presenti s'era tirato indietro, all'uscita della messa ciascuno aveva fatto la sua offerta.

Era seguito un rinfresco, semplice, nella veranda. Poi si erano trasferiti tutti nella sala mensa. Mai quella sala s'era riempita così di grida, voci, risate. Giochi di bambini anche, perché alcuni s'erano portati appresso i figli. Due sole ospiti non avevano preso parte alla festa. Musone e incarognite dall'età, avevano da giorni dichiarato che non si sarebbero mosse dal letto. Pure la Domenici aveva pensato di ritirarsi in camera dopo la funzione nella cappella, una scusa per sottrarsi l'avrebbe trovata, la stanchezza, il mal di testa... Senza offendere nessuno. Ma nell'allegria generale avrebbe finito per sentirsi ancora più sola.

Le parole della superiora invece le avevano fatto cambiare idea. Perché avevano riaperto un dolore antico, un dolore mai morto.

Che aveva un nome.

«Quel nome», aveva sussurrato la donna subito dopo la comunicazione della superiora.

Aveva chiuso gli occhi in uno sforzo di concentrazione.

Quel nome...

Dov'era?

La Domenici s'era sforzata di cercarlo.

Non c'era stato niente da fare. Svanito, perduto come tanti altri nomi di cose e persone. Ma quel dolore era ritornato. Segno che non era mai morto. Le parole della superiora l'avevano richiamato in vita, crudele come allora, come se da allora non fossero passati così tanti anni.

Maria Domenici aveva compreso di avere un'unica possibilità per ritrovarlo. Aveva abbandonato l'idea di ritirarsi in camera. Aveva preso parte al rinfresco, s'era seduta in sala mensa, aveva atteso uno dei tanti momenti di confusione e ne aveva approfittato per eludere la sorveglianza, allontanarsi, uscire, raggiungere il molo d'attracco della Navigazione Lariana.

Era salita sulla motonave delle quattordici e venti diretta a Bellano.

Al Pio Ospizio San Generoso il pranzo era ancora in corso. Una fotografia della nobildonna Mercede Canzi campeggiava sulla parete di fondo della sala mensa. A un certo punto un uomo e una donna, marito e moglie, avevano cominciato a discutere sull'età della Canzi all'epoca dello scatto. Lei diceva cinquanta, lui sessanta. La discussione si era allargata. Era finita con una decisione unanime: impossibile dare un'età a quel viso severo, duro. Chissà se era sempre stata così, impenetrabile anche da giovane. Ma nessuno l'aveva mai conosciuta in vita.

L'unica che avrebbe potuto dire qualcosa s'era da poco imbarcata sul *Nibbio*, diretta a Bellano.

Per qualche anno, sino alla morte del marito della Canzi, Maria Domenici aveva servito nella villa divenuta ospizio.

8.

Dopo quella donna, quella Maria comediavolosichiamava, nessuno era più entrato in chiesa per confessarsi. Ma nemmeno quella poteva definirsi una confessione vera e propria.

Il Bigè aveva capito poco, quasi un piffero, tra la vecchia che ansimava e l'arciprete che sembrava parlasse solo con il pensiero.

Aveva avuto l'impressione..., sì, ma come si potevano tradurre in parole certe sensazioni?

In sostanza non aveva in mano niente e si sentiva come se fosse al centro di una ragnatela.

Abbandonato il confessionale alla chetichella, camminando sulle punte, subito dopo la partenza della vecchia, aveva chiamato a raccolta i pensieri, sottovoce, cercando di metterli in fila per chiarirsi le idee. In casa s'era allungato sul suo letto di scapolo che emanava odor di sudore e di muffa e aveva fissato lo sguardo al soffitto che, da anni, implorava una mano di biacca. Parlava con lui, non avendo altri per casa.

Gli raccontò ad alta voce quello che aveva sentito. Mozziconi di frasi, pezzi.

Ecco, proprio come i pezzi di un mosaico che, se ben messi, avrebbero composto un disegno che per il momento restava misterioso.

Perché appunto, almeno quello era chiaro: non si poteva discutere, lì sotto c'era un mezzo mistero. Sarebbe stato pronto a giurarlo.

C'erano in ballo, come le carte della briscola all'ultima mano, un uomo, un bambino, un nome. Un nome che né la donna né don Carlo riuscivano a ricordare. Che però doveva essere importante. Importantissimo, se aveva spinto fuori di casa in una giornata del genere, con quel caldo soffocante, una donna di quell'età, con il rischio di restarci secca.

Sui settanta, aveva calcolato il Bigè. Così a stima però, perché non era riuscito a vederla in viso: il passo e il respiro non erano comunque quelli di una ventenne. Nemmeno la voce.

A proposito, la voce. Non l'aveva riconosciuta. Non era riuscito ad appiccicare un viso a quella voce. Eppure, dopo quindici anni di sagrestia, le conosceva bene le fedelissime della parrocchia, quelle che non si perdevano nemmeno una funzione, matrimonio o funerale che fosse. Possibile, quindi, che quella donna non fosse nemmeno del paese.

«Un bel mistero, eh?» chiese il Bigè al soffitto, muto.

Quello voleva solo biacca, il Bigè invece cercava risposte.

Che fosse arrivata da fuori?

Se sì, da dove? E perché?

Per un nome.

Un pezzettino di intonaco si staccò, cadde sul pavimento della stanza. Un segno dal cielo!

No, Bigè!

Non per un nome. Per quel nome!

Per il quale non c'era stato sole canaglia che tenesse.

«Sì o no?» chiese il Bigè al soffitto.

Quello era tornato muto. Ma il Bigè aveva ancora qualcosina da dirgli. Piano piano i pensieri stavano tornando.

Particolari, certo.

«Ma chi, se non io...» chiese al soffitto.

Porco cane, era vero!

Chi, se non lui, si sarebbe accorto che don Carlo era passato a darle del tu dopo che quella s'era presentata?

Gli veniva in mente solo adesso!

Il Bigè si levò dal letto. Frenò, sul limite delle labbra, una parolaccia. Poi invece la lasciò andare, mica era in chiesa.

«Orcatroia!»

Messa così, tutta attaccata, non suonava nemmeno come una volgarità.

E il mistero, sino a pochi minuti prima solo mezzo, adesso diventava intero.

Che la chiave per svelarlo fosse quel nome? Quello che né la vecchia né l'arciprete riuscivano a ricordare?

Al sagrestano tremarono le mani per l'eccitazione. Non ci fu caldo né lezzo di sudore che lo disturbasse. Sentiva di avere per le mani un fatto grosso. E, come raramente gli era capitato sino ad allora, quasi si dispiacque di non avere mai preso moglie per poter avere qualcuno con cui confidarsi. Ripensò alle poche e disprezzabili occasioni che gli erano capitate e si consolò pensando che una moglie non avrebbe fatto altro che riempirgli la casa di figli mentre non gli sarebbe stata di alcuna utilità in quella situazione: cosa avrebbe potuto aggiungere infatti alle cose che lui aveva scoperto spiando quella specie di confessione?

Ci voleva qualcuno che ne sapeva di più.

C'era.

La perpetua.

Era lei il soggetto ideale. Badava, oltre che al signor prevosto, anche all'arciprete. Anzi, poiché don Carlo era ormai a riposo, passava accanto a lui molte ore della giornata, e magari il sacerdote le aveva detto qualcosa.

Era quindi lei il soggetto ideale o meglio lo sarebbe stato se non avesse avuto il carattere che aveva.

Un carattere di merda! Le parole bisognava tirargliele fuori con la tenaglia, anche solo buongiorno e buonasera, e stava sempre sul suo, con quella faccia aguzza e compunta come se le avessero dato da custodire i segreti di Fatima. E a importuni o scocciatori tirava pignatte con una precisione da cecchino.

«Bah», fece il Bigè, alzandosi dal letto.

Erano le sei, ora di cena. Un tristissimo avanzo di minestra reclamava il suo destino sin dalla sera prima. Il Bigè lo riscaldò guardandolo finché non vide sciogliersi i grumi del grasso, poi lo rovesciò in una scodella non lavata. Lo ingollò in un paio di minuti, quindi tornò a sdraiarsi sul letto. Sul soffitto cominciava a disegnarsi qualche ombra, una specie di meridiana che il Bigè conosceva alla perfezione, stagione per stagione, mese per mese. Guardandola, e poi chiudendo gli occhi, calcolò che c'erano ancora tre ore buone prima delle nove e mezza, l'ora in cui si doveva preparare per andare a suonare la dirlindana.

9.

Alle nove e trenta spaccate, il trio si ripresentò all'attracco di Gravedona. Trio allegro, tre contentoni fischiettanti, comandante in testa. Ne avevano ben ragione: avevano mangiato, e bevuto, per sei.

Per decisione, imposizione anzi, del comandante Zemiani, l'equipaggio era andato a cenare all'Osteria della Speciosa che, estate o inverno, aveva sempre lo stesso menù: polenta e brasato, polenta e stufato, polenta oncia. Quand'era stagione, anche polenta e funghi. Tra tutte le osterie del lago, quella della Speciosa era la prediletta dal comandante Zemiani poiché serviva porzioni sufficienti a sfamare una famiglia di quattro persone, accompagnate da un vino rosso e denso come sangue che, se bevuto con noncuranza, ubriacava al primo bicchiere.

In realtà l'osteria non si chiamava così. L'insegna in ferro battuto che la indicava ai clienti recitava che il suo vero nome era Locanda dei Quattro Remi. Ma nel parlare comune era diventata l'Osteria della Speciosa da quando ne aveva preso le redini Rosa Pietraguzza, figlia di Ivano e Geminella Mandante.

Gran pezzo di slinzega, la Rosa, piena di tutto. Fino ai trent'anni aveva monopolizzato le attenzioni di tutti i giovanotti in cerca di moglie a Gravedona e dintorni. Troppa grazia, però. Quel continuo martellare di proposte e richieste l'aveva intorbolita. Alla confusione s'erano poi aggiunti gli inopinati consigli della madre Geminella, la quale, probabilmente pensando che la giovinezza della figlia non sarebbe finita mai, l'aveva spinta a temporeggiare, spiegandole che nella vita non c'è mai fine al peggio ma neppure al meglio: il candidato migliore, insomma, doveva ancora arrivare. La povera Rosa aveva applicato alla lettera i consigli, tenendo in sospeso i suoi innamorati: in dialetto, l'unica lingua che praticava, «aspetta» suona «spècia».

Così quando, dopo i trenta, la bellezza aveva cominciato a sfiorire e la gravità a pretendere il saldo, lei aveva dovuto cedere il primato alle nuove leve. E s'era trovata a fare i conti con gli avanzi della sua generazione: poar crìst, rozzi badilanti, avvinazzati e teste dispari. Non solo non s'era sposata ma, quando il padre Ivano era morto, nel 1925, aveva dovuto piegare la schiena e prendere in mano le redini della trattoria insieme all'insipiente madre.

Era stato allora che Rosa aveva cominciato a essere additata dalla voce pubblica come una sorta di metafora di tutti coloro che pretendono troppo: poteva essere da qualche parte a fare la signora e invece s'era ridotta a fare la serva in casa propria, nell'osteria che era stata appunto ribattezzata in suo onore l'Osteria della Speciosa. Pochi anni di cucina e di servizio ai tavoli, a schivare pacche sul culo e gutturali complimenti, l'avevano asciugata, spenta e inacidita. Verso la madre Geminella soprattutto, a ragione ritenuta tra le cause della sua rovina, e con la quale scoppiavano a volte litigi epocali. E anche contro chi, per lo più ingenuamente, osava chiamare il locale con quel nome che le ricordava l'origine della sua attuale condizione.

Sulla strada del ritorno il comandante Zemiani non aveva fatto altro che ribadire la bellezza del mezzo che li aspettava l'indomani e con il quale sarebbero ripartiti da Como: la motonave *Erica*, costruita dai cantieri Breda di Venezia nel 1923 e appena rimodernata: una portata di 255 unità, propulsione a elica, quasi ventitré chilometri all'ora di velocità. L'euforia dei tre svanì d'incanto non appena il *Nibbio* si staccò dal molo. Ciascuno di loro si rese conto che quello cui stavano dando vita era una specie di funerale, anche se il cadavere era di lamiere e acciaio.

Tacquero.

Il buio del cielo, delle coste, dell'acqua del lago divenne l'unico colore di un immenso territorio inesplorato, un territorio che sino a poche ore prima credevano di conoscere come le loro tasche. Il denso odore dell'acqua sembrava incenso.

Nessuno si mosse dal proprio posto, in attesa che le prime, fioche luci del lungolago di Como apparissero alla vista.

10.

L'avevano cercata dapprima nel camerone, dove le due ingrugnate avevano detto di non averla vista.

Poi nel giardinetto della villa. Nella cappella. Nell'infermeria, nell'ala riservata alle suore, nei locali della caldaia, nel capanno degli attrezzi del giardiniere.

L'avevano chiamata ad alta voce.

Intanto s'era fatto buio.

La superiora aveva disposto che le ospiti rimanessero nel locale della refezione. Terminate senza frutto le ricerche, le aveva interrogate tutte, scartandone solo un paio sulle quali non si poteva fare alcun affidamento.

Tutte l'avevano vista a mezzogiorno. Non sembrava diversa dal solito. Aveva mangiato regolarmente, come sempre. Non aveva parlato molto. Ma non parlava mai molto.

Una aveva detto che l'aveva vista salire verso le camere da letto poco prima che venisse servito il dolce.

Un'altra aveva detto di averla vista dirigersi verso il terrazzo.

La superiora aveva chiesto cosa facesse solitamente la domenica, se stesse dentro, fuori, con chi parlasse.

Non aveva avuto risposte chiare.

Stava dentro, stava fuori, parlava con questa o con quella, stava zitta...

Su un punto tutte avevano concordato, era smemorata... Un po'...

Per esempio, chiedeva spesso il nome della stagione. Così, di botto, anche durante una conversazione. Diceva di non ricordare in che stagione fossero. Glielo dicevano, lo dimenticava quasi subito. E magari dopo dieci minuti tornava a chiedertelo.

Per quello, tra di loro, le avevano dato quel soprannome.

«Sarebbe?» aveva domandato la superiora.

«Quale Stagione», aveva risposto una delle ospiti. Ma senza alcuna intenzione di offenderla.

Verso le nove e trenta la superiora le mandò a dormire, non aveva più domande da fare, quello che poteva sapere l'aveva saputo. In sostanza niente. Quindi, in compagnia di un'altra suora, salì nel suo studio e telefonò alla caserma dei carabinieri di Gravedona.

Le rispose il comandante, maresciallo maggiore Elvio Carissimi, che, prima di deporre la cornetta, raccomandò alla superiora di stare calma, tempo dieci, venti minuti al massimo sarebbe arrivato lui.

11.

Finalmente dalla Val Muggiasca scendeva il bellanasco.

Quattro anni prima, quando da pochi mesi era approdato sulle rive del lago di Como, sentendone parlare una sera, il brigadiere Efisio Mannu aveva pensato che «il bellanasco» fosse una persona, uno del paese. E per di più illustre, rispettabile, a giudicare da come il suo nome era stato pronunciato con gioia, soddisfazione. Per un paio di giorni gli era rimasta la curiosità di sapere che mestiere facesse, che faccia avesse. Gliel'aveva risolta il maresciallo Maccadò, la curiosità, spiegandogli che il bellanasco era solo un vento, un'aria, un montivo serale che scendendo dalla valle che avevano dietro portava refrigerio.

Adesso il Mannu se lo stava godendo, seduto davanti alla finestra aperta del suo ufficio, offrendogli un viso di nuovo scuro di barba e sorridente.

Il carabiniere Milagra, invece, dopo l'incidente del vetro rotto, era prontamente ritornato al capezzale della sua radio e non aveva più smesso di trafficare nel tentativo di ridarle vita: la Squadra Atlantica, l'allegra brigata dei trasvolatori, avrebbe dovuto raggiungere Londonderry, seconda tappa del viaggio, e al Milagra era venuta la fantasia che quelli non sarebbero atterrati fino a che lui non avesse potuto seguire il volo grazie ai notiziari radiofonici trasmessi quotidianamente.

Quando il Bigè diede l'ultimo colpo di corda alla campana e l'ultima nota della dirlindana morì nell'aria, dalla radio uscì una prima, timida scorreggetta.

Il brigadiere Mannu la sentì e si diede una pacca di soddisfazione sulla coscia.

Cocciuto il ragazzo, pensò. Manco fosse stato sardo.

Poco dopo, una seconda scarica, più forte della precedente, innescò l'allegria del giovanotto: il piccolo cuore della sua radio aveva ricominciato a battere.

«Missione compiuta!» gridò il Milagra guardando orgoglioso il suo apparecchietto da cui adesso usciva una musica d'opera.

Puccini, la *Tosca*, intese immediatamente il brigadiere.

«Svanì per sempre il sogno mio d'amore...» canticchiò anche, ricordando, e addirittura quasi sentendosi tra le mani i dischi a 78 giri in gommalacca con i quali zio Efisio l'aveva avviato alla conoscenza e alla bellezza dell'opera.

Tuttavia, nonostante il dramma di Mario Cavaradossi, il sorriso continuava a farsi largo tra i peli della barba del brigadiere. Merito dell'intestino dell'appuntato Misfatti, perché con il pensiero rivolto a quello che, ne era certo, sarebbe successo l'indomani, Efisio Mannu aveva riempito le ore di quella lunga, calda e noiosa domenica di luglio.

12.

Visto che lì, nella casa di riposo, l'avevano già cercata dappertutto senza trovarla, era inutile che lui e i suoi uomini perdessero tempo, disse il maresciallo Carissimi. Meglio mettersi immediatamente a battere il territorio, frugando in ogni angolo, senza dimenticare i posti più impensati: un lavatoio, una stalla, vallo a sapere!

D'altronde l'aveva detto la superiora, l'avevano detto le sue vicine di tavolo e di letto che quella donna era un po' svanita, non per niente le avevano dato quello strano soprannome...

«Quale Stagione», ribadì la superiora andando in soccorso del maresciallo.

«Ecco», fece il Carissimi.

Quindi era possibile che avesse avuto una crisi di amnesia, che si fosse ritrovata chissà dove, senza ricordarsi più niente, nome, cognome, età, abitazione, niente di niente. Poteva anche darsi che qualcuno l'avesse notata, l'avesse vista in difficoltà, avesse cercato di aiutarla, magari portandola in un ospedale. E adesso era lì, a Como, Lecco o Bellano, in attesa di sapere chi fosse o che qualcuno andasse a prenderla per riportarla all'ospizio.

C'erano un sacco di possibilità, affermò il maresciallo Carissimi, e non potevano tralasciarne nemmeno una.

«Mi servono i dati anagrafici», disse. «E una fotografia, se l'avete.»

«Si chiama Maria Domenici», rispose la superiora. Sessantotto anni, portati male però. Una vita di sacrifici e di stenti sulle spalle l'aveva invecchiata in fretta. La fotografia che porse al maresciallo era stata scattata cinque anni prima. Ritraeva la donna al tavolo di una trattoria di Gravedona insieme con altre tre ospiti della casa. L'aveva scattata il figlio di una di quelle tre che, per festeggiare il compleanno della madre, aveva portato lei e le sue amiche più intime a pranzare fuori.

«Prendere o lasciare», disse la superiora. Foto più recenti non ce n'erano. E bisognava tener conto che adesso sul viso della donna era comparsa qualche ruga in più.

«Non solo sul viso», sospirò la suora.

«Capisco», rispose il Carissimi guardando la fotografia.

Le quattro donne sorridevano imbarazzate. Per fortuna la Domenici era al centro, il suo viso in piena luce. Isolandola dalle altre e ingrandendo l'immagine, si poteva ottenere un ritratto soddisfacente. Conosceva, a Dongo, un fotografo in grado di fare quel lavoro.

«Bene», disse intascando la foto. Quindi si accomiatò dalla superiora e uscì dall'ospizio.

Mentalmente stava già predisponendo un piano di ricerche, senza dimenticare che tutta quella fatica notturna avrebbe potuto rivelarsi inutile: la donna infatti poteva già essere bella e morta da qualche parte, sul ciglio della strada, in fondo al lago, in un bosco, ovunque. Il suo dovere comunque era cercarla. Aveva due uomini a disposizione. Per quanto concerneva l'area di sua competenza, avrebbe cominciato immediatamente.

Poi c'erano le aree confinanti, quelle in cui, sebbene fosse poco probabile, la donna poteva essere finita. Per quelle avrebbe chiesto la collaborazione dei colleghi comandanti delle rispettive stazioni.

Colico, il maresciallo Cilietti.

Menaggio, il maresciallo Deventura, che avrebbe coinvolto anche il comandante della guardia confinaria di Nobiallo per il controllo delle rive.

Bellagio, il maresciallo Schianti.

Bellano, il suo vecchio amico maresciallo maggiore Ernesto Maccadò.

Quando rientrò in caserma per avviare le ricerche erano quasi le undici.

13.

Alle undici e trenta della notte il *Nibbio* giunse a Como. Aveva navigato quasi in silenzio, fendendo un'acqua stanca. L'umidità che esalava dal lago aveva steso sulla città una specie di nebbia. Le luci dei lampioni creavano un'atmosfera autunnale. Non c'era un filo d'aria, poche pallide stelle in cielo. Una volta scesi sulla banchina, i tre marinai si stupirono del silenzio che avevano intorno. Fatto normale, vista l'ora. Ma a nessuno dei tre sembrava così. Furono soggiogati da quell'atmosfera irreale, buia, immobile.

Si scambiarono mozzichi di saluti. Non si girarono per salutare un'ultima volta il battello. Si avviarono. Il Tumian verso casa propria, visto che abitava a Como. Il comandante Zemiani e il bellagino Stringa alla volta della pensione Tarabelli, che era convenzionata con la Navigazione Lariana e teneva sempre un paio di letti a disposizione del personale di passaggio.

Il comandante Zemiani aveva voglia di una generosa grappa per digerire la polenta e il brasato, ma non solo. Gli sembrava di avere qualcosa d'altro sullo stomaco, però non riusciva a definirlo. Sulla via della pensione non trovò nemmeno un caffè aperto. Como sembrava morta, senza respiro.

Si sentiva strano a camminare dentro quell'aria immobile, in quel buio che aveva il sapore dell'acqua ferma del lago. Una densità, uno spessore.

Chissà se anche lo Stringa aveva quella sensazione,

pensò il comandante Zemiani. Tenne per sé il pensiero. Si tenne pure la voglia di grappa. Dormì male, si svegliò con lo stomaco che bruciava e l'intestino che sembrava prossimo all'ebollizione.

14.

Non si piacevano il siciliano appuntato Misfatti e il brigadiere Mannu. Mai usmati, sin dall'inizio. Mangiacarrube e mangiapecore. Isole contro.

Lunedì mattina il brigadiere si alzò come al solito verso le sei per combattere la mattutina battaglia contro la barba.

Aprì le persiane della camera dove dormiva. Arredamento squallido, due brande, un armadietto di metallo: «Pratico», lo definiva scherzando il maresciallo Maccadò. Un panorama piatto, immobile si offrì alla sua ispezione. Un lago stanco che faceva pensare alla pelle dei fichi. Un battello stava scendendo da Dervio e sembrava navigare controvoglia, senza quasi sollevare onda. Tra le foglie degli ippocastani di piazza Grossi alcune erano già francamente marroni. Nemmeno dalla montagna veniva anche solo un'idea di frescura. L'avvertimento di zia Ninna ritornò sulle labbra del brigadiere: per quel giorno bisognava ancora stare attenti, fuori ci sarebbe stata la mamma del sole.

Il Mannu si toccò la fronte, la sentì già umida di sudore.

Mezz'ora, e la barba era fatta. Fatica quasi inutile, entro poche ore avrebbe ricominciato a spuntare e a sera sarebbe stato come se non se la fosse mai rasata. Tra un colpo di rasoio e l'altro, il Mannu aveva sbirciato verso la strada, in attesa di veder spuntare l'appuntato a cavallo della sua bicicletta.

Non vedeva l'ora che arrivasse in caserma. Quel giorno la sua isola avrebbe segnato un punto a favore, perché l'appuntato aveva un intestino fatto così e il brigadiere contava proprio su questo.

Contava cioè sul fatto che tutte le mattine, per avere il cosiddetto beneficio corporale, il Misfatti, come più volte aveva spiegato senza che peraltro nessuno glielo avesse chiesto, dovesse dapprima bere il caffè, faccenda che sbrigava nel suo domicilio, e poi fare un poco di movimento, obiettivo che realizzava trasferendosi alla caserma in sella alla sua bicicletta. Così che, quando giungeva sul luogo di lavoro, la prima cosa che faceva la maggior parte delle volte era infilarsi di corsa nel cesso.

Fu il Milagra ad aprire la porta all'appuntato. Il carabiniere aveva passato una notte tribolata, continuamente in ansia per la sorte del suo apparecchio radiofonico. Fino a un certo punto il brigadiere gli aveva fatto compagnia, fingendo di comprendere quello che il Milagra gli diceva: circuiti risonanti, bobine, condensatore variabile, contatto a molla, galena e compagnia bella.

«Ma adesso funziona?» gli aveva chiesto poco dopo le undici.

«Dovrebbe», aveva risposto il Milagra. Dopodiché aveva tirato fuori l'apparecchio e aveva trafficato per un buon quarto d'ora finché la radio aveva fatto sentire la sua voce. Il Mannu s'era complimentato ed era salito nel suo quartierino lasciando solo un euforico Milagra.

All'euforia però era seguita, nell'animo del giovanotto, la preoccupazione che quel ritorno non fosse stato altro che l'ultimo atto di lucidità prima dell'agonia finale, come succedeva anche ai cristiani. Risvegliato più volte da quel pensiero angoscioso, aveva dormito a spizzichi e bocconi e negli intervalli aveva più volte acceso e spento la sua amata radio, verificandone sempre l'esistenza in vita e cogliendo perfino programmi in lingua straniera che gli avevano dato brividi di eccitazione.

«Ma che c'è Milagra, che hai una faccia...» fu il saluto del Misfatti.

Il Milagra non s'era ancora guardato allo specchio. Ma in verità nemmeno quella dell'appuntato era poi così bella da vedere. Più che una faccia era una smorfia. Dolorosa. Sofferente. L'appuntato stava patendo spintarelle coliche. Scartato il Milagra, senza dire né ahi né bai prese la via del cesso e vi si chiuse a doppia mandata.

Il brigadiere l'aveva spiato dall'alto della scala. Il suo piano procedeva come previsto. Si sistemò il nodo della cravatta, poi scese in attesa del maresciallo Maccadò, che giunse in caserma dieci minuti più tardi.

15.

Le finestre della sala mensa del Pio Ospizio San Generoso erano spalancate. Due suore e un'inserviente stavano finendo di predisporre i tavoli per la colazione. L'odore dell'incenso aveva invaso il corridoio ed era giunto fin lì.

Nella piccola cappella dell'istituto si era appena conclusa la messa mattutina. Al termine, la superiora aveva trattenuto le ospiti e fatto recitare una preghiera affinché la ricerca di Maria Domenici andasse a buon fine.

Poco dopo il maresciallo Carissimi si presentò all'ingresso per comunicare alla superiora che per il momento, purtroppo, della donna non erano state trovate tracce. Alla superiora si inumidirono gli occhi.

«Non bisogna perdere né la calma né la speranza», la confortò il maresciallo. Bisognava considerare che l'avevano cercata solo per poche ore, e di notte, con tutti i locali chiusi, la gente che dormiva. Non avevano potuto interrogare quasi nessuno. Inoltre aveva potuto impiegare solo quel paio di uomini che aveva a disposizione. Adesso, alla luce del giorno, le cose sarebbero cambiate. Avrebbe racimolato dei volontari che gli avrebbero permesso di battere in maniera più completa il territorio. Avrebbe anche chiamato i colleghi delle stazioni confinanti, chiedendo la loro collaborazione.

Mai perdere la calma e la speranza, raccomandò il maresciallo Carissimi.

Se ne andò promettendo alla superiora che l'avrebbe tenuta al corrente.

16.

L'appuntato Misfatti diede aria all'ambiente, aprì la finestra. Il rumore dello sciacquone coprì quello del vetro che, cadendo, andò a frantumarsi sul marciapiede sottostante.

Lo udì, dal suo ufficio, il maresciallo Maccadò, ma non vi fece caso: un rumore come tanti...

Poco dopo però dovette prendere atto dell'incidente. Perché il vetro in caduta aveva sfiorato Becchi Adelaide che tornava verso casa dopo aver fatto la spesa e che, passato qualche attimo di vero terrore!, anziché continuare il cammino, era tornata sui suoi passi e aveva suonato al portone della caserma, fermamente decisa a protestare.

Quando il campanello squillò, il maresciallo stava salendo verso l'appartamento a lui riservato, e che peraltro aveva occupato solo per pochi mesi dopo il suo arrivo a Bellano: doveva aprire la finestra di quella che sarebbe dovuta essere la sua camera da letto. Quella finestra, aperta. La porta dell'appartamento, aperta pure lei. E, di sotto, la finestra della sala d'attesa e dell'ufficio dell'appuntato consentivano di sfruttare al massimo i tivanelli del mattino e di creare un sistema di correnti d'aria che garantiva un minimo di frescura sin quando, verso le dieci, o si levava un po' di breva o se no erano cazzi.

Al portone corse il Milagra, che aveva appena incrociato un mezzo notiziario sui trasvolatori: l'aveva ascoltato a un volume talmente basso, per non farsi beccare dal maresciallo, che non aveva capito quasi niente: dove si trovassero esattamente i trasvolatori, se il tempo fosse bello o se fosse accaduto un altro incidente.

Becchi Adelaide era il trionfo degli angoli acuti: naso, spalle, le ali del bacino che spingevano verso l'alto un grembiale nero neanche tanto netto. Stringeva in mano una borsa, pure quella nera, da cui spuntavano il culo di un lunghino di pane e le foglie di due gambe di sellero.

Voleva il maresciallo.

«Ma cosa vuole?» chiese il Maccadò.

«Appunto voi, signor maresciallo», ribadì il Milagra. Altro non aveva voluto dire.

«E tu falla salire, allora», acconsentì il Maccadò.

Becchi Adelaide impiegò dieci minuti per arrivare al nocciolo della questione, il vetro che l'aveva sfiorata. Da quel momento in avanti il Maccadò smise di ascoltare e cominciò a fare conti: stampato in testa aveva l'asfittico bilancio della caserma che anche un ridicolo incidente come un vetro rotto poteva mettere in profonda crisi.

E per fortuna la Becchi non s'era fatta niente.

«Neanche uno sfrisino», affermò la donna.

Ma aveva voluto esporre le sue rimostranze perché...

«Mettesse il caso, signor maresciallo.»

Che lì sotto, anziché lei, adulta, stesse passando un bambino.

«Oppure...»

Che lei, anziché camminare occhi a terra come era abituata a fare, avesse guardato in su, dato un'occhiata al cielo, o levato gli occhi per salutare un'amica, una parente...

«E il vetro mi avesse colpito in viso!»

Fu una salvezza lo squillo del telefono. Adelaide Becchi tacque all'istante. Il Maccadò arpionò la cornetta.

«Un momento solo», disse a colui che stava all'altro capo del filo, senza nemmeno dargli il tempo di presentarsi.

Poi chiamò l'appuntato Misfatti.
«Date retta a questa donna», ordinò, «e prendete le misure necessarie.»
Aveva una chiamata urgente in linea, concluse sicuro di mentire.

17.

Invece l'aveva detta giusta.

Perché all'altro capo del filo c'era il suo collega e vecchio amico Elvio Carissimi. Che sicuramente a quell'ora e col telefono di servizio non lo chiamava per uno scambio di saluti o amenità del genere.

«Cosa posso fare per te, vecchio lupo?» chiese il maresciallo Maccadò.

«Ascoltarmi», rispose quello cominciando a riassumere i fatti del giorno precedente.

18.

Pure Becchi Adelaide stava cercando di riassumere all'appuntato Misfatti le ragioni che l'avevano spinta a salire in caserma. Ma la sintesi non era tra le sue doti migliori.

Il Misfatti definiva soggetti come la Becchi «i grattacoglioni». Ne aveva trattato più d'uno nella sua carriera. Sapeva che non bisognava far loro domande, sennò era finita. Bisognava solo annuire.

Annuì quindi alle parole della Becchi, e a scadenza regolare.

Annuì quando lei gli prospettò la tragica ipotesi del bambino che, passando in vece sua, avrebbe potuto essere colpito dal vetro. Annuì anche all'altra ipotesi, quella che a essere colpita avrebbe potuto essere la stessa Becchi se per caso, invece di camminare occhi a terra com'era solita, avesse levato lo sguardo in alto, per dare un'occhiata al tempo per esempio, o salutare un'amica o una parente alla finestra.

Smise di annuire invece, trasformando il proprio viso in un puntaspilli, quando, mentre Becchi Adelaide chiosava che per buona fortuna non s'era fatta niente, neanche uno sfrisino, un pensiero prese corpo nella sua mente.

«Chi rompe paga!» Regola ferrea nell'universo mondo. Lì in caserma ancora di più.

Che la Becchi non si fosse fatta niente, al Misfatti non fregava una beneamata minchia, buon per lei.

Invece, se nessuno oltre a lui quella mattina era andato al cesso…

E se anche ci fosse andato, i tempi, quelli del passaggio della Becchi e quelli del suo intestino, purtroppo coincidevano.

Verificare, pensò.

Subito.

Alla Becchi fece un gesto con la mano, che la smettesse di rompere i coglioni.

«Scusate», disse però.

Salì al cesso, di corsa, come un paio d'ore prima.

Bastò uno sguardo per capire che il vetro mancava. Tuttavia l'appuntato, la mano a pugno, volle attraversare l'aria della finestrella.

Il vetro mancava, la donna aveva ragione ma...

Com'era possibile che lui non si fosse accorto di niente? D'accordo, non ci aveva badato più di tanto, gesti automatici, aveva aperto la finestra, tirato lo sciacquone, era uscito...

Ma era possibile che un vetro si rompesse così, tutt'a un tratto?

Non c'era nemmeno vento!

Tornò nel suo ufficio. La Becchi era ancora lì, angoli e lunghino nella borsa.

«Chiunque sia stato, dovrebbe prestare più attenzione a quello che fa», riprese.

Il Misfatti annuì, era la terza volta.

«Vi chiedo scusa a nome suo», si obbligò a rispondere.

La Becchi sbatté le palpebre, scuse accettate.

Ma non finiva lì, pensò l'appuntato. E al posto del puntaspilli, sul suo volto comparve la maschera della faina.

19.

Due aloni di sudore si stavano allargando sotto le ascelle del maresciallo Maccadò. Niente tivano quella mattina, nessuna corrente d'aria.

Il brigadiere Mannu, mentre il maresciallo stava al telefono, si era opportunamente allontanato dal luogo della sua trappola. Approfittando del fatto che l'appuntato era impegnato con Becchi Adelaide sfiorata dal vetro, si era sostituito a lui nel compito di andare in posta a ritirare la corrispondenza della caserma.

Rientrò giusto in tempo per incrociare la Becchi che se ne andava impettita, non vedendo l'ora di raccontare a destra e a sinistra la sua avventura. Il maresciallo Maccadò era ancora al telefono: stava dicendo al Carissimi che lui e i suoi uomini sarebbero stati a disposizione. Tuttavia non poteva fare a meno di osservare che, nonostante la precisione che il collega aveva usato nel descrivergli la donna scomparsa, la faccenda si rivelava difficile. Come cercare un ago in un pagliaio: mentre quello parlava, gli erano venute in mente almeno una decina di anziane che potevano corrispondere alla descrizione.

«Una fotografia ci aiuterebbe enormemente», disse.

C'era, rispose il maresciallo Carissimi. Purtroppo, però, prima di un giorno non avrebbe potuto averne a disposizione delle copie da far girare.

In quel momento il brigadiere Mannu appoggiò la corrispondenza sul tavolo del maresciallo. Lo sguardo del Maccadò cadde sul «Gagliardetto», il quotidiano della

Federazione provinciale del PNF che la caserma riceveva per gentile omaggio da parte del segretario della sezione bellanese del Partito, Mirto Vignetta, cavaliere del Regno e buon amico del maresciallo.

«E tu mettila sul giornale!» buttò lì il Maccadò.

Per un istante dalla cornetta non uscì alcun suono.

«Sul giornale?» chiese poi il Carissimi.

«Certo», confermò il Maccadò.

Era il sistema migliore per ottenere una diffusione capillare della fotografia. L'avrebbero vista tutti quelli che leggevano «Il Gagliardetto», ed erano tanti. L'avrebbero vista anche coloro che non lo acquistavano ma se lo andavano a leggere al caffè o all'osteria. C'era il rischio di tirarsi addosso segnalazioni fasulle o l'estro di qualche mitomane, questo è vero, ma era rischio calcolato, faceva parte del gioco.

Quando il Maccadò tacque, il maresciallo Carissimi avanzò un'obiezione che fece sorridere il collega.

«Siamo tutti sulla stessa barca», scherzò il comandante bellanese.

Aggiunse che lui, proprio in quelle ore, era in ambasce per la sostituzione di un vetro rotto della finestra del cesso. Ma in quel caso, a suo giudizio, il maresciallo Carissimi non doveva preoccuparsi dei soldi.

«Mica li devi sborsare tu, o la caserma, i soldi per l'inserzione.»

Se anche a Gravedona c'era uno di quei corrispondenti ficcanaso che si gloriavano di comparire ogni tanto sul giornale con la propria firma in calce ad articoletti per lo più celebrativi di questo o quel trombone, il problema era risolto. Bastava prenderlo da parte, contargliela per bene, infarinarlo, farlo sentire importante, parte di un'inchiesta, e infine promettergli di rivelargli, finita l'indagine, tutti i particolari.

C'era, a Gravedona, un soggetto del genere?

C'era, rispose il maresciallo Carissimi. Si chiamava Prestanome Lucio e un'ora più tardi stava seduto nell'ufficio del maresciallo maggiore ad ascoltare con estrema attenzione quello che il comandante aveva da dirgli.

20.

«Maresciallo, se permettete...» disse l'appuntato Misfatti.

Né puntaspilli né faina. Per presentarsi al maresciallo il Misfatti aveva tirato fuori dal campionario la maschera dell'afflitto.

Voleva fare, come suo dovere, la relazione dopo aver dato ascolto alla Becchi. La donna aveva ragione, il vetro apparteneva a una finestra della caserma, finestra del cesso. Ecco, era caduto davvero, mancava. E al cesso, al momento dell'incidente, c'era lui, non poteva negarlo.

Ma anche... Teneva a sottolineare di non sentirsi colpevole del tutto. Aveva aperto la finestra, per decenza, e basta. Non riusciva a spiegarsi come mai il vetro fosse caduto, un mistero.

«Volete dirmi che in questa caserma girano dei fantasmi?» scherzò il Maccadò che, mentre ascoltava il Misfatti, smistava anche la corrispondenza.

Briganti, avrebbe voluto ribattere l'appuntato. Briganti mangiapecore.

Invece tacque.

«E per il vetro come si fa?» chiese, la voce lievemente tremula. Ci mancava solo che il maresciallo ne addebitasse a lui il costo dell'acquisto e del montaggio.

Il maresciallo sbuffò. Con una busta cercò di farsi un poco di aria.

«Considerate le circostanze, vorrà dire che lo metteremo in lista alle spese di manutenzione della caserma. A voi però l'incarico di trovare il vetraio più a buon mercato.»

Il Misfatti tirò il fiato.

«D'accordo», disse. «Se non c'è altro...»

Il maresciallo sgranò gli occhi.

«Come, non c'è altro?» fece.

Ce n'era eccome! Per esempio, la busta con la quale si stava sventolando.

Conteneva le solite richieste di informazioni provenienti dalla tenenza di Lecco.

«Tutta roba per voi», disse il Maccadò allungandola all'appuntato.

21.

Le note informative erano la vera specialità dell'appuntato Misfatti. Nessuno, in caserma, aveva mai osato contestare la sua perizia in quel settore, né tanto meno cercato di soppiantarlo.

L'anzianità di servizio del Misfatti era un punto a suo favore. Era a Bellano sin dal 1925, e quindi poteva vantare un'approfondita conoscenza del luogo e dei suoi abitanti. Ma soprattutto aveva, nella curiosità, una dote naturale che si era andata affinando sempre più con gli anni, l'esperienza e l'insostituibile collaborazione della moglie Carmela. Là dove il naso dell'appuntato non riusciva ad arrivare, arrivava quello della signora, la quale spesso se ne usciva a dire che se fosse nata con la coda davanti avrebbe fatto pure lei il carabiniere. Senza figli e senza altri interessi se non quello di farsi i cazzi altrui, i due avevano istituito in casa una sorta di sezione staccata della caserma. Spesso alla sera, dopo cena, passavano le ore scambiandosi informazioni su questo o quella e a volte, addirittura, si assegnavano compiti investigativi.

Stando così le cose, non si potevano dare tutti i torti all'appuntato quando affermava che il suo orario di lavoro non aveva limiti. Né lo si poteva contraddire più di tanto quando spiegava che quello delle informazioni era lavoro tutt'altro che semplice: bisognava avere naso di volpe e sguardo di faina. Dietro ciascuna richiesta, domande per concessioni di licenze di commercio, prestiti dalle banche, assunzioni in pubblici uffici, arruolamenti nelle varie armi, si poteva celare ogni sorta di trucco, inganno o gabola. E per fortuna al Misfatti e signora raramente capitava di sbagliare.

Quando poi c'erano in ballo questioni politiche...

Con la politica di mezzo bisognava andarci con i piedi di piombo e avere sempre a disposizione un bel catino pieno di acqua fresca con il quale lavarsene le mani.

Quando l'appuntato Misfatti, una volta aperta la busta e letto il contenuto della richiesta partita dalla segreteria provinciale del PNF, si trovò sotto gli occhi il nome di Velia Berilli, dimenticò per un istante la faccenda del vetro del cesso e l'inganno che sospettava ci fosse sotto.

«Velia Berilli?» sillabò.

E nel naso gli entrò l'odore di un armadio chiuso da troppo tempo.

22.

Velia Berilli aveva quarant'anni e, per quanto ne sapeva l'appuntato Misfatti, aveva commerciato con una sola cosa nella sua vita: cosa sua, personale. Voci, non controllate, volevano che commerciasse ancora, di tanto in tanto.

Il Misfatti stentava a crederci. Va bene, pensava, che certi stomaci non badano troppo al cibo che li sfamerà, ma ci voleva un bel pelo, perché ormai la Berilli era magra impicca, priva di denti, sempre vestita di stracci e dall'igiene assai approssimativa. Rispetto a molte delle sue coetanee, alcune delle quali si difendevano ancora più che discretamente, sembrava avere vent'anni di più. D'altronde, rispetto a loro, pagava lo scotto di aver passato la maggior parte del tempo che aveva vissuto a concepire figli e poi metterli al mondo.

Quattordici ne aveva. Si sussurrava che avesse avuto anche sei, sette aborti. Delle gravidanze la Berilli non s'era mai pentita, ogni volta che ci si era trovata aveva dato a vedere di essere la donna più felice del mondo. Venerava i suoi figli, anche quelli perduti, tanto che li chiamava con il nome che avrebbe voluto dar loro, come se fossero vivi, e obbligava ogni sera la sua truppa a recitare qualche preghierina per le loro animucce.

In ordine d'età la compagnia della Berilli andava dal figlio maggiore, Adamo, di anni ventidue, avuto a diciott'anni, agli ultimi, i gemelli Gervasio e Protasio, che avevano appena superato il primo anno di vita. Era una compagnia composita, variegata, dentro la quale si potevano riconoscere con sicurezza i figli legittimi, poiché la Berilli un marito vero l'aveva, che si chiamava Timoteo e le era affezionatissimo. E quelli invece legittimati dalla coppia, frutto di estemporanei rapporti: il settenne Fulvio, per esempio, rosso di capelli e lentigginoso, l'undicenne Salvatore, nero come il carbone e dal tratto meridionale, oppure il dodicenne Stevcnin, avuto da un capostazione veneto piccolo e dalla straordinaria apertura alare delle orecchie. Come il figlio che aveva dato alla Berilli.

Che cosa volesse da lei la segreteria del Partito per tramite della tenenza di Lecco, l'appuntato Misfatti non riusciva proprio a spiegarselo. A rigor di logica non la si poteva ritenere una professionista che agisse al di fuori delle regole. Non c'era insomma vero e proprio mercimonio. E comunque, anche se vi fosse stato, era ormai reato che apparteneva al passato poiché adesso la donna, oltre a essere combinata com'era sotto gli occhi di tutti, aveva il suo bel daffare nel regolare la turba che le girava per casa.

Che fosse tutto a un tratto diventata una pericolosa sovversiva?

23.

Il segretario comunale Cenerino Mannacchi fece tanto d'occhi quando vide entrare nel suo ufficio il maresciallo Maccadò. Aveva appena deposto la cornetta del telefono e non s'era ancora ripreso dalla sorpresa di ciò che aveva sentito.

«Maresciallo», esordì, «non ditemi che anche a voi...»

Il Maccadò corrugò la fronte. Non capiva. Si fermò a metà strada tra la porta dell'ufficio e la scrivania: era andato in Municipio solo per spiegare al segretario la faccenda dell'anziana scomparsa dall'ospizio di Gravedona e per chiedere, ottemperando alla promessa che aveva fatto al Carissimi, la collaborazione della guardia municipale e del messo: se l'uno o l'altro avessero notato in giro per il paese, nelle frazioni, e insomma ovunque, un'anziana sconosciuta e dall'aria spaesata, che gli facessero la cortesia di avvisarlo immediatamente.

«Che cosa, ragioniere?» chiese il maresciallo, visto che quello davanti alla sua espressione corrucciata s'era bloccato.

«Non ditemi che anche a voi carabinieri hanno chiesto informazioni sulla Berilli?» completò il Mannacchi.

Questo gli avevano domandato poco prima, al telefono, e direttamente dall'ufficio di segreteria di Sua Eccellenza il prefetto. Volevano un estratto del certificato di anagrafe.

Al maresciallo scappò un sorriso.

Perché il segretario si preoccupava così tanto? Che fosse stato anche lui, negli anni andati, uno dei tanti clienti della Berilli?

«Noooooo», rispose.

Da tempo la Berilli era uscita dal mirino dei carabinieri. Anzi, a dire la verità, non c'era mai entrata. Se n'erano dovuti interessare solo una volta ma, come dire?, di sbrincio, un paio di anni prima e non perché avesse commesso reati ma solo per dare una mano al dottor Lesti.

Era accaduto quando il sesto figlio della Berilli, Agostino, un ricciolone pieno di pidocchi, era entrato come apprendista nella bottega del fabbro ferraio Manicotti.

A parte i pidocchi, che gli avevano impestato l'intera famiglia, il Manicotti aveva cominciato a preoccuparsi quando aveva notato sul collo del giovane un bozzo violaceo.

«Cosa diavolo è quella roba?» gli aveva domandato.

L'Agostino aveva risposto di non averne idea.

«Tanto ce l'abbiamo quasi tutti in casa!» aveva aggiunto.

Il Manicotti s'era grattato la pera per qualche giorno, non sapendo che pesci pigliare s'era poi confidato con la moglie Aurora.

«Prima i pidocchi, adesso cos'altro?» aveva ribattuto questa.

Il pomeriggio stesso, per iniziativa dell'Aurora, il dottor Lesti era capitato in bottega.

Gli era bastata un'occhiata.

«Ma questa è una gomma tubercolare!»

Il Manicotti l'aveva guardato interrogativamente.

«Una scrofola!» aveva tradotto il Lesti.

Sul viso del fabbro era comparsa la tragedia.

«Da quando ce l'ha?» aveva chiesto il dottore.

«Che io sappia, un paio di settimane», aveva risposto il fabbro con una mano già al collo, «e non solo lui...»

«Perché, chi altri?»

«No, non io», s'era difeso il Manicotti, «i suoi fratelli.»

«Ocristo!» aveva esclamato il medico.

Immediatamente aveva intimato all'Agostino di andare a casa con un preciso messaggio: che l'indomani mattina si facessero trovare tutti per un'ispezione sanitaria.

Un lazzaretto!

«Bisognerebbe isolarla, recintarla, enuclearla dal resto del paese», aveva detto, fatta l'ispezione, al podestà. Non si poteva fare finta di niente. Per prima cosa erano tutti tignosi, persino la piccola Felicetta che, per chissà quale difetto congenito, aveva un padiglione auricolare, il destro, grande il doppio dell'altro. Quattro avevano lesioni francamente tubercolotiche: l'Agostino, Procopio, il settimo figlio, che con l'Agostino dormiva e aveva un labbro leporino incompleto ma bastante a fargli sputacchiare intorno gocce di saliva intrise di micobatteri, la tredicenne Sostenia, terzogenita, che nonostante i pochi anni aveva già un paio di tette così e forse per imitazione dei costumi materni non indossava biancheria intima, e il seienne Peregrino che si comportava come un gatto, selvatico però, rispondendo alle domande soffiando e allontanando chiunque con la minaccia di due mani dotate di unghie spesse e nere. Nell'ottenne Premiato, nel terz'ultimo della sfilza, Olmetto e nella penultima, Felicetta, al dottor Lesti era parso di cogliere i segni della pellagra: non poteva dirsene sicuro però, gli sarebbero serviti degli approfondimenti. L'unica che sembrava sana era la quindicenne Lacrimella, che però era sorda come una campana.

Constatato, e contestato poi il disastro a padre e madre di quella turba infetta, la Berilli aveva candidamente risposto che nella vita ogni cosa come viene va e aveva chiesto al dottore di lasciarli in pace.

«Ne consegue», aveva concluso il Lesti al cospetto del podestà, «che dobbiamo intervenire facendo anche uso degli strumenti che la legge prevede.»

Il podestà aveva riflettuto e poi risposto che, nei limiti del possibile, avrebbe preferito evitare allarmismi.

«In fondo si tratta di un singolo episodio, pur se numeroso.»

«Va ben», aveva acconsentito il Lesti, «ma bisogna convincerli a lasciarsi curare. Chi lo farà, voi?»

No, il prevosto. Era stato lui il mediatore. Davanti alle fiamme dell'inferno che il sacerdote le aveva prospettato e alla minaccia che la legge avrebbe potuto toglierle i figli, la Berilli aveva accettato che la prole venisse rapata, insaponata, lavata, disinfettata, controllata, medicata con soluzioni topiche iodo-iodurate, sverminata, purgata e rivestita.

Ma s'era irritata quando il dottor Lesti aveva proposto per i quattro scrofolosi un periodo di soggiorno presso una colonia marina: nuovamente era intervenuto il prevosto e per la seconda volta aveva convinto la Berilli a essere ragionevole.

I carabinieri erano entrati in azione solo all'ultimo, il giorno prima della partenza, quando il dottor Lesti aveva portato in Municipio e in caserma la notizia che uno dei quattro, Peregrino, quello che sembrava un gatto selvatico, s'era dato alla macchia nei boschi intorno alla casa. Il Misfatti aveva fatto parte della squadra di ricerca e, una volta reperito il fuggiasco che si era nascosto su una betulla, aveva accettato di passare la notte piantonando casa Berilli per impedire nuove fughe. La truppa era poi finalmente partita in una cornice di piagnistei e lamenti cui avevano fatto da controcanto gli addii singhiozzanti della madre.

Da allora la strada dei carabinieri non aveva più incrociato quella della Berilli.

«Se vi serve aiuto, siamo sempre a disposizione», disse il Maccadò.

Come la Berilli dei tempi d'oro.

E sedendo, dopo l'inevitabile commento sul caldo e sull'umidità, spiegò il motivo che l'aveva spinto lì.

24.

Il naso di volpe dell'appuntato Misfatti era ormai eccitato, addirittura intasato. Fiutava imbrogli, tranelli, pericoli. Due, e in una sola mattina: la faccenda del cesso e quella della Berilli.

Una cosa alla volta.

La Berilli, prima di tutto.

Non era pratica, ragionò, di cui poteva assumersi l'intera responsabilità lui solo. Non poteva, non voleva rispondere con la solita acquiescente formuletta: persona onesta, di specchiata – specchiata! – moralità eccetera eccetera. Bisognava parlarne con il signor maresciallo. Valutare, soppesare.

Ma il Maccadò al momento era assente.

Quindi prese la richiesta di informative, la mise da parte e tornò a occuparsi della faccenda del cesso e del vetro. C'era sotto qualcosa. Lo sentiva, l'aveva subito annusato. Lo zampino del mangiapecore. Doveva aggirare l'ostacolo. Forse, interrogando il carabiniere Milagra, ma così, come se la cosa non gli interessasse, dando alle domande un tono colloquiale, sarebbe riuscito a scoprire un indizio: gli bastava poco per imboccare la pista giusta.

Lo chiamò nel suo ufficio.

Il Milagra era euforico. Aveva appena beccato un notiziario sui trasvolatori. La Squadra Atlantica era giunta a Londonderry la sera prima. Il tempo era bello e la crociera prometteva di proseguire indisturbata e senza incidenti sino alla meta finale.

Alla domanda, buttata lì dall'appuntato con tono di massima indifferenza, su come avessero passato la domenica lui e il brigadiere, e se fosse successo qualcosa, il Milagra rispose: «Niente».

Una domenica normale, lunga, noiosa e calda. Talmente calda che nemmeno con il sistema delle correnti d'aria brevettato dal signor maresciallo lui e il signor brigadiere erano riusciti ad avere un po' di refrigerio.

Ecco!, pensò l'appuntato Misfatti.

E affilò lo sguardo, dandogli quel taglio che solo la faina possiede, prima di posarlo sul viso sorridente del Milagra.

«Quindi vi siete divertiti ad aprire un po' di finestre?» zufolò tra le labbra.

«Be'...» fece il giovanotto, cercando una via di fuga.

Ma arrossì, cadendo in mano all'appuntato.

«Bene», fece allora il Misfatti riprendendo il tono burocratico, «mettiamoci al lavoro.» E prese in mano una carta senza nemmeno guardarla.

«Posso andare?» chiese il Milagra.

«Ma certo», acconsentì il Misfatti.

Tanto ormai era in trappola. Questione di tempo, e di studiare bene la mossa giusta.

25.

Il Municipio aveva pareti spesse, teneva botta al caldo. E finestre alte, larghe. Con un solo colpo d'occhio il Maccadò aveva calcolato quali avrebbe aperto e quali tenuto chiuse per mettere alla prova il suo sistema di correnti d'aria.

Sbucando dall'atrio del palazzo comunale, sul marciapiede di fronte al molo, dopo essersi assicurato la collaborazione del messo e della guardia municipale, il Maccadò inalò un pesante respiro di aria che sembrava uscire espressamente da un forno. La fatica di trovare qualcosa di respirabile in mezzo a tutta quell'umidità gli fece addirittura rimpiangere i giorni in cui era arrivato a Bellano, nel gelido febbraio del 1930, al suo primo incarico quale comandante di stazione, fresco sposo. Un trauma. Non tanto per lui, che già da un po' era uso a obbedir tacendo, quanto per la moglie che, non essendo carabiniera, s'era subito chiesta come avrebbe fatto a sopravvivere in un posto del genere con quel freddo, quel vento, quel ghiaccio, quel panorama di neve; e in quell'appartamento sopra la caserma, con quegli angoli bui, le finestre piccole, uno stitico terrazzino e l'odore di muffa che aleggiava in tutte le stanze.

In poco più di quarantott'ore la signora Maccadò aveva perso lo smalto solare che aveva abbacinato suo marito quando l'aveva vista la prima volta. Spenta. E insipida, avendo perduto anche la capacità di cucinargli i manicaretti con i quali lo conquistava ogni giorno. Il maresciallo aveva avuto di che preoccuparsi, aveva perso peso, sonno, appetito.

Era stato in quei giorni che Ernesto Maccadò aveva fatto la conoscenza di Mirto Vignetta, all'epoca non ancora cavaliere del Regno. Era stato, il Vignetta, uno dei rari privati cittadini che, a pochi giorni dal suo insediamento, si era presentato in caserma per augurargli buon lavoro. Solido e onesto imprenditore edile, timido ma non timoroso, dopo gli auguri per un proficuo lavoro, il Vignetta aveva detto al maresciallo che lui e la moglie sarebbero stati lieti di averli ospiti a cena una volta o l'altra, vedesse il maresciallo quando. Il Maccadò aveva ringraziato.

«Datemi il tempo di ambientarmi», aveva sorvolato il maresciallo, pensando con terrore alla sua fresca moglie che sfioriva da un giorno all'altro.

Passato qualche tempo il Vignetta era tornato alla carica. Incrociando per strada il maresciallo, l'aveva salutato cortesemente e poi aveva rilanciato: «Allora maresciallo, quando ci vediamo per una bella cena con le specialità del nostro lago?».

«Arriverà il momento», aveva scantonato il Maccadò. Si erano lasciati, l'uno cominciando a sospettare di non essere troppo simpatico al carabiniere, l'altro pensando che il momento non sarebbe mai arrivato e meditando dimissioni dall'Arma, trasferimenti, soluzioni drastiche. Tagli netti, comunque.

Il terzo assalto del Vignetta era stato decisivo. Sembrava che i due lo sapessero. Uno, l'imprenditore, aveva stabilito che quello sarebbe stato l'ultimo tentativo, dopodiché si sarebbe convinto di non essere simpatico al maresciallo oppure che questi non amasse compromissioni o confidenze. Il maresciallo invece aveva riflettuto che un terzo rifiuto sarebbe suonato villano assai e non era nella sua natura di gentiluomo passare per malcreato. Quindi aveva accettato, anche per conto della moglie, naturalmente. La quale, alla notizia, aveva subito reagito con un rifiuto quasi spaventato. Il Maccadò allora s'era impuntato. Con tono d'ordine, come se quella che aveva davanti non fosse la sua dolce sposa ma uno dei suoi carabinieri, le aveva imposto di accompagnarlo: quello, aveva detto, era uno dei tanti doveri della moglie di un comandante di stazione.

Era stata una fortuna. Anzi, di più: un miracolo!, e i due Vignetta angeli mandati dalla Divina Provvidenza.

Innanzitutto in casa e alla tavola dell'imprenditore il Maccadò per primo s'era trovato subito bene. Nessuna spocchia, nessuna esibizione. Ma la vera sorpresa di quella serata era stata la moglie del Vignetta, signora Aurelia. La quale, accaparrandosi subito la marescialla, l'aveva all'istante coinvolta nella preparazione della cena con una semplicità da sorella maggiore, lasciando gli uomini, aveva detto, ai loro discorsi noiosi. Nel giro di un'oretta l'Aurelia aveva bell'e confessato Maristella Maccadò.

E, prima ancora che la cena fosse finita, aveva trovato la soluzione alle sue ambasce. Ne aveva parlato direttamente a tavola, con il marito. Il Vignetta infatti, oltre che imprenditore, possedeva anche vari appartamenti qua e là per il paese. E ce n'era uno, aveva sottolineato l'Aurelia, in località Calchera, che sembrava – anzi, era fatto apposta – per una persona che avesse bisogno di sole, aria, luce e vista d'acqua, benché non salata, come del pane per campare.

Il maresciallo, con un sorriso imbarazzato, aveva tirato i freni: bisognava vedere, innanzitutto, il costo dell'affitto, mica era generale. Mirto Vignetta, socchiudendo gli occhi, aveva detto che non sarebbe stato un problema. Da tempo era sfitto, non lo voleva dare nelle mani di persone qualsiasi che non avrebbero apprezzato la sua straordinaria posizione: se il maresciallo avesse rifiutato l'offerta, avrebbe continuato a restare sfitto.

Il giorno seguente, tutti e tre assieme, Vignetta, Maccadò e signora, l'avevano visionato. E per tutta risposta la marescialla, alla sera, aveva cucinato a suo marito una pasta con il peperoncino che l'aveva fatto fischiare dalla gioia. Dopo una settimana ne avevano preso possesso. Le ubbie della signora Maccadò erano sparite, spazzate via. Pure le ansie del maresciallo erano svanite. Però era pur sempre carabiniere. E un dubbio, cui non permetteva di diventare sospetto vero e proprio, continuava a mordergli il pensiero: sarebbe arrivato, prima o poi, il momento di ricambiare il favore?

Erano passati tre anni ormai e in quell'arco di tempo era solo successo che i Maccadò erano stati ammessi ai segreti degli agoni in carpione e dei missoltini con la polenta, mentre i Vignetta avevano bellamente superato ogni diffidenza nei confronti del peperoncino. Nessun secondo fine insomma, niente segrete mire.

«Chissà invece...» mormorò il maresciallo sorridendo, giunto davanti al portone della caserma.

Chissà cosa diavolo voleva la prefettura dalla Berilli. Prima di salutarlo, il segretario comunale gli aveva sottoposto l'interrogativo per l'ennesima volta.

«Non riesco proprio a immaginarlo», se l'era cavata lui. «In ogni caso, quando lo scoprirete sarei curioso di saperlo.»

Come il Vignetta, che in quel momento stava aprendo la lettera su carta intestata della Federazione provinciale del Partito e non immaginava cosa potesse contenere di tanto urgente e personale, come da stampigliatura sulla busta.

26.

Le urgenze sono come le ciliegie, che una tira l'altra. Il maresciallo Maccadò lo sapeva, l'aveva già sperimentato.

Così quando, appena entrato in caserma, l'appuntato Misfatti gli disse che aveva cosa urgentissima da comunicargli, il Maccadò mise in conto che nel giro di una mezz'ora, un'ora al massimo, gliene sarebbe capitata una seconda. Poi, in giornata, magari anche una terza.

«Che urgenza?» chiese mentre, sotto gli occhi del cavaliere del Regno Mirto Vignetta, la seconda grana per il maresciallo cominciava appena a sbocciare.

«Berilli Velia», rispose l'appuntato.

«Velia Berilli?» sbottò il maresciallo.

L'appuntato incassò la testa nelle spalle, la veemenza del Maccadò aveva spostato aria.

«Proprio», confermò con voce in ritirata.

«E cosa vogliono? Perché?»

«Informazioni», rispose banalmente l'appuntato.

Perché, però, non lo sapeva dire. Così come non sapeva, della Berilli, cosa raccontare.

«Ma come, proprio voi, appuntato...»

Il Misfatti levò l'indice al soffitto.

«Intendetemi, signor maresciallo...»

Ahi!, pensò il Maccadò. Quando l'appuntato assumeva quell'atteggiamento da fine uomo di legge e il suo viso si atteggiava a stanchezza esistenziale, come se avesse passato un'intera notte a riflettere, significava una sola cosa: che voleva sbolognare ad altri un lavoro che non gli piaceva.

Il maresciallo infatti, secondo ciò che l'appuntato andava snocciolando, doveva intuire che lui, Misfatti, ma inteso come uomo, o privato cittadino, sapeva cosa aveva combinato e, si diceva, combinasse ancora la Berilli Velia.

Però, attenzione!

Le informazioni venivano richieste alla caserma, e non a lui, Misfatti inteso come uomo o…

«O come privato cittadino», interloquì il maresciallo. «Ho capito. Ma veniamo al punto.»

Il punto era lì. Che a rispondere era la caserma tutta, un corpo unico, una voce sola, un organico compatto nell'esercizio di uno dei suoi tanti doveri.

«Va bene appuntato», intervenne di nuovo il Maccadò. «E allora, questa caserma così compatta cosa può dire a una sola voce di Velia Berilli?»

«Nulla risulta agli atti», rispose il Misfatti.

«E quindi nulla sia», fece il Maccadò.

«Però…» aggiunse l'appuntato.

«Ancora?»

Ma certo! Perché, se a loro era giunta una richiesta di informazioni, significava che c'era un motivo dietro o sotto.

«Non è una novità», commentò il maresciallo.

«Peraltro a noi sconosciuto», disse l'appuntato.

«Nemmeno questa è una novità», fece ancora il maresciallo.

Che fare?, chiese quindi l'appuntato.

Fingere di non sapere chi fosse stata, e si diceva fosse ancora, la Berilli oppure attenersi al nulla che risultava a carico suo negli atti della caserma e…

«E lavarsene le mani insomma», concluse il Maccadò.

Non era cosa da poco, chiosò ancora l'appuntato, assumersi la responsabilità di un sì o un no, mettendo il caso che, dietro la richiesta, ci fosse la necessità di un prestito, di una licenza di commercio o…

«O uno che suona il campanello e nessuno gli va ad aprire», sorrise il maresciallo.

Già tre volte avevano suonato. L'appuntato, sordo grazie alla sua facondia, ne approfittò subito. Posò la richiesta delle informazioni sul tavolo del maresciallo.

«Vado immediatamente», disse.

E andò ad aprire la porta al cavaliere del Regno Mirto Vignetta, seconda urgenza di giornata, come il maresciallo Maccadò aveva messo largamente in preventivo.

27.

Il cavaliere del Regno Mirto Vignetta rivestiva la carica di segretario della sezione bellanese del PNF dal dicembre 1932. Aveva preso il posto di Mauro Imborsati, una fenomenale testa di cazzo!

Lo aveva definito così, ad alta voce, il Federale di Como Eupilio Erba il 12 dicembre 1932. Non erano ancora le nove quando l'Erba, quella mattina, contro ogni abitudine, era giunto nel suo ufficio. Il capitano Fabris, comandante della Compagnia di Como della Guardia Confinaria, era già lì ad attenderlo: d'altronde era stato lui a tirarlo giù dal letto per informarlo che si trovava per le mani una faccenda delicatissima, urgentissima e privatissima.

Si trattava, in sostanza, del verbale di arresto di Imborsati Mauro, fermato nottetempo mentre cercava di raggiungere la riva orientale del lago su una barca carica di merci di contrabbando. A operare il fermo erano stati gli uomini della Guardia Confinaria di stanza a Nobiallo i quali, tra la merce di frodo, in prevalenza tabacchi, avevano rinvenuto, ingegnosamente occultate sul fondo dell'imbarcazione, cartoline pornografiche in numero di duecento. Sull'esattezza del conteggio non si potevano avere dubbi, gli uomini della Confinaria, al fine di compilare il verbale con la precisione richiesta, le avevano visionate una per una.

Una volta espletate le modalità dell'arresto, al tenente Vassallo, comandante della caserma di Nobiallo, era venuto il dubbio: il traffico di materiale immorale era, o no, di competenza della Confinaria? Stante la delicatezza della materia e considerando la carica politica che rivestiva l'arrestato, il Vassallo aveva deciso di passare la castagna a chi, per competenza, ne sapeva più di lui.

Al capitano Fabris, appunto, che aveva svegliato, profondendosi in mille scuse, attorno alle sei del mattino. Il Fabris l'aveva ricevuto militarmente, seppur in mutande, e sempre militarmente, dopo essersi messo una veste da camera, l'aveva congedato. Non gli ci era voluto più di un quarto d'ora, mente fine che era!, per comprendere che la faccenda era urgentissima, delicatissima e privatissima e che l'Imborsati correva il rischio di essere sottoposto a due distinti processi: uno per il traffico di contrabbando, l'altro per quello delle indecenti cartoline. Non ci fosse stato il Partito di mezzo avrebbe sigillato la vicenda con la rituale formula: cazzi suoi. Ma per quelle cose aveva anche lui calzari di piombo.

Al Federale Erba, ascoltate le parole del Fabris e lette quelle del verbale, era venuto un mezzo attacco isterico. Verso le dieci del mattino se n'era uscito a gridare che l'Imborsati era una fenomenale testa di cazzo, e non meno teste di cazzo erano quelli fermati con lui sulla barca.

Non si poteva sputtanare così il Partito!

Non si poteva sputtanare così la sua stessa persona, la cui firma aveva avallato la nomina dell'Imborsati a segretario della sezione bellanese!

Il Fabris era rimasto immobile alle sue sparate.

«Carta canta...» aveva proferito poi.

Allora il Federale aveva assunto l'aria dei momenti critici, quella che esibiva con scioltezza quando si mostrava in pubblico. Aveva allungato, sporgendosi dalla scrivania, una mano sul braccio del capitano.

«Tra gentiluomini», aveva detto a bassa voce, «ma soprattutto tra Italiani...»

E con la I maiuscola, aveva tenuto a sottolineare.

Insomma, non c'era la possibilità di accomodare la faccenda?

Il Fabris, immobile, aveva fatto il gatto e brevemente notato che, agendo come il Federale aveva voluto far intendere, c'era piuttosto la possibilità di commettere un terzo reato.

L'Erba si era sentito a disagio nella pelle del topo.

«Tutt'altro!» aveva obiettato.

Forse non s'era ben spiegato. Gli desse modo di farlo.

Perché non era assolutamente sua intenzione far sì che l'Imborsati la passasse liscia. Si meritava una lezione, se l'era guadagnata.

«Ma non vi pare, caro capitano...»

Non gli pareva che, prima ancora che contro le leggi dello Stato, l'Imborsati avesse agito in ispregio ai dettami del Partito?

«L'esempio!» aveva detto il Federale puntando un dito verso il soffitto.

Quello che veniva dall'alto, da Lui, e che investiva tutti, sino al più umile servitore dello Stato!

Trattavasi di vero e proprio tradimento!

«Che a mio modestissimo parere tocca proprio al Partito punire!»

Il Partito dava e toglieva.

Del Partito non ci si poteva prendere gioco.

I rami secchi andavano tagliati.

Le mele marce buttate.

Le teste di caz...

«Va bene», aveva interloquito il Fabris, «però...»

Il Federale aveva esibito una ghigna come se stesse annusando un cattivo odore.

«Però il Partito c'è, e vigila, e sa come punire, se-ve-ra-men-te!»

Il capitano aveva risposto con un cenno del capo in attesa di tanta severità. L'Erba, dotato di un'invidiabile escursione vocale, aveva abbassato drasticamente il tono di voce.

«In sostanza...» aveva detto, obbligando il Fabris a chinarsi sulla scrivania per sentirlo.

Se la Compagnia di Como non avesse dato corso alla denuncia per il traffico di quelle cartoline e la stazione di Nobiallo si fosse limitata a una semplice multa, lui si impegnava formalmente a far sparire dalla circolazione l'Imborsati nel giro di una settimana.

Al Fabris era sembrato troppo.

«Toglierlo di mezzo?» aveva detto.

Il Federale aveva sorriso.

«Agro Pontino», aveva sibilato.

A faticare. A piangere lacrime di sangue laggiù, dove il 30 giugno di quello stesso anno era stata posata la prima pietra di Littoria. Quella era la purga giusta.

Il Fabris, riflettendo che da quelle parti c'erano posti liberi per tutti, anche per uno come lui, aveva chiesto un paio di giorni di tempo. Non poteva prendere decisioni senza sentire il parere del collega di Nobiallo. Il quale s'era dichiarato disposto a insabbiare la cosa, a patto che gli venisse concesso il trasferimento, da lungo tempo richiesto, presso la stazione navale di Salò.

All'Imborsati, come da impegno formalmente assunto, aveva pensato il Federale.

Lo aveva convocato in Federazione e gli aveva offerto la possibilità di scegliere. Lo aspettavano due processi distinti. La sicura galera. Il ritiro con ignominia della tessera. Magari anche un cappottino di legnate perché c'erano ancora in giro indomabili camerati che pativano la nostalgia del '22.

Oppure l'Agro Pontino.

L'Imborsati, grugnendo, aveva scelto.

«Bene», aveva detto l'Erba.

Ma mica poteva partirsene così, insalutato ospite. C'erano alcune faccenduole che doveva sistemare prima di offrire il proprio sangue alle zanzare pontine.

Per esempio dichiarare pubblicamente che aveva scelto quella strada, rinunciando alla vita comoda, per servire sempre meglio la causa della rivoluzione fascista. Mostrare entusiasmo per il futuro che lo attendeva. E infine accettare, il giorno della partenza, di essere protagonista di una cerimonia di saluto. Che era stata poi celebrata, presso la stazione ferroviaria di Bellano. Nell'occasione tal Cresio Maramenti, ardito della prima guerra mondiale, guercio, chiamato a occupare temporaneamente la vacante carica di segretario, lo aveva salutato chiedendogli di portare nel «Magro Pontino» i saluti di tutti i fascisti bellanesi.

L'Imborsati, con l'ultimo tirato sorriso di circostanza, era salito sul treno bestemmiando sottovoce. Poi, da Varenna in avanti, aveva cominciato a meditare vendette.

Via lui era intanto cominciata la caccia al nuovo segretario, che doveva cancellare la memoria del precedente. Il Federale Eupilio Erba aveva stilato un elenco delle caratteristiche che doveva possedere il successore.

In primis doveva essere un fascista di provata fede. Doveva essere già in età, però, nonché di carattere tranquillo e riflessivo. I tempi degli esagitati appartenevano ormai al passato. Tra i quaranta e i cinquanta, rappresentante della fascia di mezzo. Irreprensibile, benestante, sposato, dalla specchiata moralità, senza colpi di testa alle spalle e senza la possibilità di farli in futuro.

E magro! I pancioni contrastavano con le direttive del Partito.

La richiesta, nella forma di lettera confidenziale, era stata indirizzata al podestà di Bellano, al quale il nome del Vignetta, di recente insignito del titolo di cavaliere del Regno, era subito balzato in mente. Poiché, però, ne conosceva il carattere, non ne aveva fatto parola con l'interessato. Dalla segreteria comunale aveva fatto rispondere che un soggetto ta-tam e ta-tam c'era, indicandolo nome e cognome.

La proposta di assumere la carica di segretario era stata,

per il fresco cavaliere del Regno, un fulmine a ciel sereno. D'istinto, e con altrettanta lettera, aveva risposto tenendosi sul vago: affari, quegli stessi che gli avevano meritato l'onorificenza, lo tenevano impegnato. Sapeva però che da giù, da Como, non avrebbero mollato. Infatti.

Quindi, per avere conforto e consiglio, il Vignetta s'era consultato con il maresciallo Maccadò.

«Non viviamo in tempi onesti», gli aveva risposto il Maccadò dopo averlo ascoltato.

La richiesta del Federale non lasciava spazio a possibilità di scelta, esigeva una sola risposta: sì. A meno di voler passare per oppositore, antifascista o chissà.

«Quindi mi consigliate di accettare?» aveva domandato il Vignetta.

«Considerata la situazione, non vedo altra scelta», aveva concluso il maresciallo.

Che era sinceramente dispiaciuto di vedere il suo amico tra l'incudine e il martello e, per mitigare un poco l'amarezza del momento, aveva tentato di rincuorarlo, garantendogli che in qualunque momento, per qualunque bisogno o necessità, avrebbe potuto contare su di lui.

Da allora problemi il cavalier Vignetta non ne aveva avuti.

Sino a quella mattina.

Quando, aprendo la busta intestata della Federazione provinciale, s'era trovato sotto gli occhi quell'incredibile incipit: «Caro camerata, facendo seguito alla comunicazione del 28 maggio scorso XI EF...».

28.

Fino al giorno prima non ricordava nemmeno più che esistesse. Adesso se l'era vista capitare tra i piedi per ben tre volte nel giro di un'ora: in Municipio, lì in caserma e infine sulla lettera che il cavaliere del Regno gli aveva appena mostrato.

Il Vignetta sbiancò.

Tre volte?

Già, confermò il maresciallo con un cenno del capo.

«Se questo non è un bel caso!» aggiunse.

Il cavaliere allargò le braccia, era senza parole.

A chi poteva interessare – «Ancora!» sottolineò il maresciallo – una come la Berilli?

Tuttavia, se era vero che tre indizi facevano una prova, eccola lì, la prova!

«Questa lettera...» proseguì il maresciallo.

Non era altro che la conferma del fatto che la Berilli interessava ancora a qualcuno. Eccome se interessava!

Lettera intestata della Federazione provinciale del Partito che, incontestabile dato di fatto, era né più né meno che una risposta ad analoga lettera partita dalla sezione locale.

«Appunto per questo sono qui», interloquì il cavaliere. «Perché lui...» spiegò poi abbassando la voce.

«Davvero?» scappò detto al maresciallo dopo averlo ascoltato.

«Vi do la mia parola», rispose il Vignetta portandosi una mano al petto.

«Non è necessario, vi credo», assicurò il maresciallo scusandosi.

Così però, su due piedi, nemmeno lui sapeva cosa pensare. Al Vignetta, che se ne stava muto come un pesce, consigliò innanzitutto di non farsi prendere dal panico.

Che gli lasciasse la lettera, intanto, e gli desse tempo di riflettere e studiare per bene la faccenda, l'avrebbe tenuto aggiornato. Se poi ci fossero state novità, sapeva dove trovarlo.

Rimasto solo, il Maccadò fece i conti: in quanto a urgenze erano a posto.

Il vetro del cesso.

La donna scomparsa.

Il «caso Berilli». Un bel caso! Dentro il quale avrebbe volentieri lasciato che pucciasse il naso l'appuntato Misfatti, se non ci fosse stato di mezzo il cavalier Vignetta. Che, come all'epoca della nomina a segretario, si trovava tra l'incudine e il martello.

Doveva occuparsene di persona, e tenere alla larga l'appuntato.

Niente di più facile. Bastava mandarlo fuori, insieme con il carabiniere Milagra, alla ricerca di improbabili tracce della donna dell'ospizio.

Lo chiamò e gli ordinò il servizio, dandogli una sommaria descrizione della Domenici. Più di così, in attesa che arrivasse una fotografia della scomparsa, non si poteva fare.

«Comandi», rispose l'appuntato soddisfatto. Per la compagnia del Milagra soprattutto, che gli avrebbe concesso la possibilità di cucinarselo a puntino e continuare a grattare il mistero del vetro.

«E, visto che sono in giro, approfitterei anche per andare dal vetraio», aggiunse con voce d'agnello.

Il Maccadò impiegò un istante per collegare vetraio e cesso. Poi approvò. Ma: «Il più a buon mercato, mi raccomando».

29.

L'aggiornamento del maresciallo Carissimi da Gravedona giunse alle dieci circa e fu piatto come il lago. Della donna ancora nessuna traccia. Lui con i suoi uomini e alcuni volontari avevano frugato dappertutto, interrogato quante più persone erano riusciti: non c'era stato verso di trovare la più piccola informazione che potesse essere di qualche utilità, il più piccolo indizio in grado di indirizzarli sulla pista buona. Sembrava che nessuno l'avesse vista e il Carissimi aveva l'impressione di dare la caccia a un fantasma.

A complicare la ricerca bisognava tenere conto che la domenica precedente aveva visto un notevole afflusso di turisti, che s'erano riversati a frotte sulle rive del lago, intasando strade e locali pubblici. Una confusione incredibile, in mezzo alla quale chiunque avrebbe potuto mescolarsi o, volendo, nascondersi con ragguardevoli possibilità di non venir notato.

E poi c'era quel caldo. Nemico invisibile ma agguerrito. Un caldo incredibile che non lasciava spazio alla buona volontà, non aiutava la possibilità di ricordare, concentrarsi.

«Così caldo anche lì?» lo interruppe il Maccadò.

«Si crepa», confermò il Carissimi.

Che, proseguì, avrebbe atteso, continuando a cercare, fino a sera. Poi, in assenza di novità, avrebbe messo al corrente la tenenza di Como. Per quanto concerneva la fotografia, aveva invece seguito il consiglio del collega bellanese.

«Domani sarà sul giornale», lo informò, «e speriamo che ci aiuti a risolvere questo mistero.»

«A ciascuno il suo», scherzò il Maccadò. «Adesso in quanto a misteri siamo pari.»

Il brigadiere Mannu, che stava in piedi davanti alla scrivania del comandante, corrugò la fronte.

Di che mistero stava parlando il maresciallo?

Deposta la cornetta il Maccadò gli allungò la lettera.

«Leggila un po'», disse, «e poi dimmi se non è un mistero.»

30.

Como, 27 giugno 1933 XI EF

Caro camerata,

facendo seguito alla comunicazione del 28 maggio scorso XI EF, *ti informo di aver preso in seria considerazione la graditissima proposta e dopo averne discusso a fondo insieme con i miei più stretti collaboratori, sono felice di confermarne l'accettazione.*

Sappi pertanto che avvieremo a breve il necessario iter burocratico e informativo concernente la segnalata fascista Berilli Velia e facciamo voti affinché questo abbia buon fine per la maggior gloria del Fascismo e della nostra amata terra lariana.

Con l'augurio di poterti dare in tempi brevi le migliori notizie circa il buon esito del comune impegno, ti confermo la nostra piena, assoluta collaborazione.

Saluti fascisti.

Il Federale
Eupilio Erba

31.

Lo lasciò leggere e rileggere.

Quando il Mannu staccò gli occhi dalla lettera, il maresciallo lo guardò per un istante.

«Cosa ti sembra?» chiese poi.

Il brigadiere si sentì in imbarazzo. Gli sembrava niente, non sapeva cosa pensare e dire. Insomma, nel corso di quegli anni aveva imparato anche lui a conoscere il cavalier Vignetta. Certo, non bene come il maresciallo e signora, che si scambiavano visite e inviti a pranzo e a cena. Tuttavia in piena coscienza poteva giurare sulla moderazione dell'uomo: lo conosceva per uno che si teneva lontano da ogni enfasi, sapeva perfettamente, perché glielo aveva riferito il maresciallo in persona, quanto gli andasse stretta quella carica di segretario ed era al corrente dei motivi che l'avevano praticamente obbligato ad accettarla.

Quella lettera non entrava nel quadro morale che anche lui s'era fatto del Vignetta.

«A meno che...» disse il brigadiere, e sorrise.

«Che c'è da ridere?» chiese il maresciallo.

Ma niente, una sciocchezza, disse il brigadiere.

Una sciocchezza che da un paio di giorni gli ballava in testa, che aveva ripreso la forza di un'immagine infantile grazie al gran caldo.

A meno che, quindi, la mamma del sole non si fosse divertita a cuocere per bene anche il cervello del cavalier

Vignetta e glielo avesse mandato fuori giri. In quel caso tutto si spiegava.

«La mamma del sole?» chiese il Maccadò.

«Non ce l'avete in Calabria, maresciallo?»

Meglio per voi, aggiunse il brigadiere dopo aver spiegato cosa fosse.

«Meglio, perché uno toccato dalla mamma del sole può dar di matto, fare cose strane.»

Come quella che sembrava aver fatto il cavalier Vignetta, a giudicare da quanto aveva appena letto mettendo in campo, per chissà quali ragioni, la Velia Berilli.

Il Maccadò fece cenno di aver capito.

«La mamma del sole non c'entra però», affermò subito dopo.

«No?»

«No», confermò il maresciallo.

Perché il cavalier Mirto Vignetta non sapeva niente della comunicazione cui il Federale faceva cenno nella sua risposta. Gli aveva garantito che dalla sezione non era partita alcuna lettera alla volta della Federazione provinciale, men che meno a firma sua e men che meno riguardante, per chissà quali ragioni, Berilli Velia.

«Mi ha dato, non più tardi di mezz'ora fa, la sua parola d'onore.»

Al sentir nominare l'onore, il brigadiere Mannu si arrese.

«Allora siamo davvero di fronte a un mistero», disse.

«Parrebbe...» rispose il maresciallo.

32.

Osso duro, il Milagra. Muto come un pesce o evasivo come un vero colpevole. Tre ore era stato in giro con lui. Caffè, osterie, ristoranti, trattorie, negozi, chiedendo se per caso qualcuno avesse notato una donna anziana, non residente in paese, dall'atteggiamento strano, svanito, come se non sapesse dove fosse.

Avevano raccolto solo dei no. Una fila infinita, un rosario. No, no e poi no.

Come le risposte del Milagra alle domande che gli aveva posto tra una trattoria e un negozio, un ristorante, un caffè e un'osteria.

Non era proprio successo niente in caserma domenica?

No.

Non era arrivato nessuno, nessuno aveva suonato?

No.

Ma nessuno nessuno che, magari, aprendo il portone per entrare, avesse creato una corrente d'aria facendo così sbattere qualche finestra?

No.

Magari quella del cesso?

No.

E lui, non era andato al cesso nel corso della domenica?

No.

Nemmeno una volta?

Ma no.

E il brigadiere?

Evasivo, il Milagra: «Non saprei».

Ma, dico, avevano passato la domenica giocando a nascondino, uno da una parte e uno dall'altra?

No.

E allora?

Veramente, io...

Tu?

«Niente», evasivo, il Milagra, di nuovo.

«Tu cosa?» aveva infine chiesto l'appuntato Misfatti, ponendosi di fronte al Milagra e obbligandolo a guardarlo in viso.

«Niente», aveva ribadito il carabiniere. Ma era di nuovo arrossito.

Poi, per fortuna, era suonato mezzogiorno.

L'appuntato Misfatti, masticando veleno, aveva preso la via di casa per recarsi a pranzo. Il carabiniere Milagra, maledicendo la propria emotività, quella della caserma. Lo consolava il pensiero che, di lì a poco, avrebbe estratto dal nascondiglio dove la occultava la sua preziosa radio artigianale e, anziché mangiare, sarebbe andato alla ricerca di un bollettino sui trasvolatori.

33.

Il vetraio più a buon mercato?

«Il Seccanati», rispose Carmela Misfatti di sentinella sulla porta della cucina.

Il Seccanati, senza dubbio. Originale, ombroso, a volte addirittura screanzato. Ma i prezzi che faceva lui gli altri nemmeno se li sognavano. Aveva orari suoi, particolari, per l'apertura della bottega. Seguiva le temperature, variabili. Generalmente in inverno e in autunno apriva i battenti alle due pomeridiane per chiuderli alle quattro, e rintanarsi all'osteria. D'estate invece, con il caldo, e con il caldo che faceva in quei giorni, era pura follia sperare che aprisse la bottega prima delle quattro.

«Come lo sai?» chiese l'appuntato Misfatti, annusando l'aria e cercando, con lo sguardo, di superare l'ingombro fisico della donna, per avere conferma che per pranzo c'era...

«Lo so e basta, se ti fidi», disse lei.

«Mi fido», si arrese lui. «Ma...»

«Niente ma!» troncò l'appuntata. «A tavola!»

Ben volentieri, ribadì il Misfatti. Tanto più che dal profumino che aleggiava in casa gli era sembrato di capire che per quel giorno sua moglie avesse preparato...

«Pancotto!» annunciò Carmela Misfatti.

Il piatto atterrò sotto il naso dell'appuntato pochi secondi dopo.

Minchia, l'aveva detto lui!

Pasta alla Norma! Con pomodori e melanzane freschi di orto!

«Dopo le quattro», ribadì la donna.

«Ho capito», rispose l'appuntato, la bocca già piena, sputacchiando pomodoro.

34.

Pure la radio del Milagra emise due sputacchi. Terminali. Sput, sput. E poi più niente.

E meno male!, mormorò tra sé e a malincuore il giovanotto, dieci minuti dopo essere rientrato in caserma.

Era tornato determinato, ben deciso a collegarsi, cercare un notiziario sulla crociera e rimettersi a volare insieme con l'allegra brigata dei transoceanici. Tirata fuori la radiolina dalla sacca da viaggio dove la teneva, l'aveva accesa.

Scariche, scorregge elettriche. Poi, dall'alto del secondo piano, la voce del maresciallo Maccadò.

Gli era venuto freddo. Per un secondo o due, s'intende. Poi il caldo dell'ambiente era tornato a farlo sudare. Il giovanotto aveva allora ripreso radio e intenzioni aviatorie e le aveva rimesse nei loro nascondigli.

Che ci faceva il comandante in caserma, a mezzogiorno, anziché a casa sua a pranzare e starsene un po' tranquillo?

Il Maccadò era rimasto lì in caserma proprio per quello, per starsene tranquillo. Con l'appuntato, orecchie e naso, fuori tiro. Libero di parlare della Berilli con il brigadiere.

Questione senza dubbio misteriosa. Che la risposta del Federale non contribuiva assolutamente a chiarire. Anzi.

«Bisognerebbe sapere cosa c'era in quella prima lettera», osservò il Mannu.

«Chi lo può dire», rispose il maresciallo.

In ogni caso, aggiunse, gli pareva che la cosa migliore da fare fosse, per il momento, temporeggiare. Rimandare l'invio delle note informative di un giorno o due. Attendere gli eventi, magari dal cielo sarebbe caduto qualche indizio che avrebbe permesso loro di fare un po' di luce. E soprattutto nemmeno una parola.

«A chi, lo sappiamo noi», disse il Maccadò senza bisogno di fare nomi.

Il cavalier Vignetta meritava rispetto.

«Non c'entra solo l'amicizia che ci lega», sottolineò il maresciallo.

Ma ci voleva poco, in un paese, a rovinare la reputazione di un soggetto, a sputtanare una famiglia. Come sarebbe potuto accadere appunto se, al nome del suo amico, fosse stato accostato quello della Berilli.

Il brigadiere Mannu scosse la testa.

«Cose da pazzi», sospirò.

La mamma del sole si stava divertendo.

Si alzò, si avvicinò alla finestra dell'ufficio. Dal lago veniva una luce abbacinante. Pensò per un istante alla sua isola, al suo paese. Al caldo che poteva farci adesso. Roba da ammazzare un cristiano in un amen.

Come in risposta ai suoi pensieri, le note dell'agonia riempirono il cielo sopra Bellano. Lente, pesanti, definitive.

Dopo aver dato l'ultimo colpo di corda alla campana, il sagrestano Bigè ritornò di corsa verso casa. Mentre camminava occhi a terra, notò con piacere che aveva ricominciato ad avere la sua ombra. Poco prima, quando era uscito per dare quel sonoro annuncio di morte, non ne aveva nemmeno un filo. Come se gliel'avessero rubata. E il pensiero l'aveva inquietato, manco potesse essere vero.

35.

Trainato da un rimorchiatore, il *Nibbio* stava entrando nel cantiere della Navigazione Lariana. Per una strana suggestione, nonostante non navigasse che da poco meno di un giorno, sembrava già vecchia, decrepita. Almeno così parve al comandante Zemiani, al quale il pessimo caffè della pensione Tarabelli aveva peggiorato la situazione dello stomaco.

Il sole era a perpendicolo. Minute, brillanti gocce di sudore imperlavano la fronte del comandante. Il ventre globoso, teso sotto la camicia azzurra con le maniche corte, saliva e scendeva al ritmo del suo respiro.

Lo Zemiani distolse gli occhi dal *Nibbio.* Lasciò correre lo sguardo sulla distesa piatta del lago, gli tornò in mente l'unto rappreso sul piatto del brasato. Quella vista e quel pensiero gli diedero la nausea. Si massaggiò lo stomaco. Di lì a un'ora doveva partire, la motonave *Erica* lo stava aspettando: crociera per turisti lungo il braccio comasco del lago. Cernobbio, Argegno, Tremezzo, Bellagio, Isola Comacina, cena e ballo a bordo. Il rientro era previsto per la mezzanotte.

Sulla motonave *Erica* stavano già issando il gran pavese. Le bandierine triangolari pendevano flosce, nella luce assoluta del momento sembravano scolorite. Il comandante Zemiani vide una fontanella, si avvicinò, bevve due lunghe sorsate di un'acqua dal dubbio sapore, si bagnò la fronte, poi stette per qualche minuto con i polsi sotto il getto del rubinetto.

36.

Libero Seccanati, figlio d'arte. «Mastro vetraio» lo definiva la targhetta appiccicata al muro di lato all'ingresso della sua bottega, sotto l'arco della via privata dell'Achille.

La targhetta, come la bottega, l'aveva ereditata dal padre Bormido. Il Seccanati figlio non aveva fatto altro che grattar via il nome del vecchio e sostituirlo con il proprio.

Dei tre vetrai sulla piazza di Bellano, era davvero il più a buon mercato.

Ma una schiena! Uno che tutte le mattine si svegliava pregando che la voglia di lavorare gli saltasse addosso, sperando subito dopo che sbagliasse mira.

L'appuntato Misfatti, ligio alle parole della moglie, entrò in bottega alle quattro passate da qualche minuto. Cercò di dare autorità alla propria presenza restando in piedi davanti al Seccanati, che se ne stava seduto su una sedia scanchignata, con i piedi appoggiati su un bancone di legno dagli angoli smangiati e ricoperto da un disordine di attrezzi e oggetti tra i quali, notò il Misfatti, una sveglia ferma alle ore quindici e venti.

Il vetraio non fece una piega. Prese dal banco un cartone su cui erano segnate delle cifre in matita rossa e cominciò a sventolarsi. L'appuntato aspettava che il Seccanati gli chiedesse cosa desiderava, ma dalla bocca del mastro vetraio non uscì verbo. Ruppe lui l'incanto del silenzio.

«Ho bisogno di te», disse.

Il Seccanati gli mollò uno sguardo comico: era evidente, visto che era lì. Quindi gli fece un cenno con il capo, che andasse avanti, e sospese il movimento del cartone come se quel continuo sventolare potesse disperdere le parole del carabiniere.

«Ho bisogno di sostituire un vetro in caserma», comunicò.

Il Seccanati riprese a sventolarsi. Se uno entrava nella sua bottega c'era di mezzo un vetro. O no?

Decise di aprire la bocca.

«Dopo cena», disse.

«Come, dopo cena?» obiettò l'appuntato.

Il vetraio tacque.

«Scusa...» riattaccò il Misfatti.

Ma gli sembrava che non avesse gran che da fare, visto che dal momento in cui era entrato nella sua bottega non aveva fatto altro che stare seduto e sventolarsi con il cartone: ragione per la quale, sottolineò il Misfatti, non si spiegava quel «dopo cena».

Il Seccanati fu tentato di rispondere che anche stare lì ad aspettare clienti e ordinazioni era un lavoro. Ma rinunciò all'idea.

«Che vetro?» chiese.

L'appuntato glielo spiegò.

«Ecco», fece il vetraio.

E con indolenza, lentamente, spiegò al carabiniere che lavoretti del piffero come quello che gli aveva appena commissionato, il vetro di una finestrella di cesso, lui li faceva nei ritagli di tempo.

Appunto, dopo cena.

37.

Dopo cena don Carlo Gheratti si mise a sedere su una vecchia sedia a dondolo nel giardino della canonica. Da una magnolia lì di fianco veniva il cicaleccio di un nutrito numero di passeri che si preparavano alla notte.

Sul viso aveva una smorfia sorridente. Amava il canto disordinato di quegli uccelli, sentiva in esso una forza vitale, invincibile. Per lui era musica, la musica che aveva accompagnato la sua vita, dalla casa in campagna dei suoi, dov'era cresciuto, al seminario, alla prima parrocchia in Valtellina fino a quella dove aveva passato la maggior parte della sua vita di sacerdote.

Al ricordo di Gravedona il sorriso scomparve. Don Carlo aprì gli occhi. Il cielo era ancora chiaro, benché di un azzurro indeciso, fiacco, la piazza della chiesa era già avvolta nell'ombra, l'aria ferma. Uno dopo l'altro i passeri tacquero.

Nel silenzio, il pensiero che dal pomeriggio del giorno prima non lo lasciava riprese forza. Sentiva di aver fatto la cosa giusta ma percepiva anche il limite della giustizia che aveva applicato. Oltre quel limite c'era la verità, il nome che aveva negato di ricordare e che aveva tenuto per sé. L'aveva fatto a fin di bene. I dolori, lo sapeva, tacciono ma non muoiono mai.

Suonarono le nove e trenta. Don Carlo tornò a chiudere gli occhi.

Aurelio Pereni chiuse il Bar Santa Marta. Durante la settimana, dopo cena, lo teneva aperto lui, dalle otto alle nove e trenta. Si diresse alla volta della canonica per riconsegnare le chiavi e il magro incasso della serata. Fu la perpetua a ritirare il tutto. Affacciandosi sul giardino della canonica la donna approfittò per chiedere a don Carlo se avesse bisogno di qualcosa. Il sacerdote rispose che stava bene così. Non aprì gli occhi. Rispose al saluto dell'Aurelio, che prese la strada di casa con la copia del «Gagliardetto» piegata in quattro e infilata sotto il braccio.

C'era un tale silenzio adesso che si poteva sentire il rumore dei passi del giovanotto.

Camminava verso casa, pensò il sacerdote.

Una casa, un padre, una madre.

38.

Libero Seccanati suonò al portone della caserma. L'appuntato Misfatti, cui toccava il turno di notte, non sperava più di vederlo. Erano le nove e trenta passate.

«Cenato?» chiese.

Il vetraio non colse l'ironia. Non rispose. Nemmeno si mosse. Alle sue spalle la superficie del lago era marezzata, mossa qua e là da deboli refoli di vento. Uno di questi si infilò nel portone, prese la via delle scale, salì al piano superiore. Una finestra sbatté.

«Poi so anch'io che si rompono i vetri», commentò il Seccanati. E fece un passo dentro la caserma.

Solo in quel momento l'appuntato si rese conto che il vetraio non aveva alcuna borsa a tracolla.

«Ma gli attrezzi del mestiere dove li hai lasciati?» chiese.

Il Seccanati fece un altro passo, l'appuntato chiuse il portone.

«Eh?» ribadì.

Il vetraio, molle come una pelle di fico, si infilò la mano destra nella tasca del pantalone e poi la estrasse. Stringeva un metro.

«Per intanto prendo le misure», disse.

«Ce l'hai almeno un pezzo di carta per segnarle?» chiese il Misfatti.

Con il metro il vetraio si picchiò la tempia: «La memoria ce l'ho ancora buona».

L'appuntato mise su una faccia da scettico.

«Faccio strada?» chiese.

Il Seccanati scrollò le spalle.
«Per me...» rispose.
Quando finì di prendere le misure del vetro, era buio fatto. Prima di aprirgli il portone, l'appuntato Misfatti gli fece promettere che al massimo nel giro di un paio di giorni sarebbe ritornato per sistemare la finestra.
Il Seccanati non rispose. Uscì fischiettando quella canzone che, poco dopo, e non senza una certa inquietudine, il Misfatti cominciò a sentire nel silenzio della caserma.

39.

Tutte le sere, dopo la chiusura del Bar Santa Marta, l'Aurelio Pereni si portava a casa il giornale. Il permesso glielo aveva dato il prevosto. Quando l'ultimo degli avventori del bar usciva, l'Aurelio prendeva il giornale e cercava di rimetterlo a nuovo. Lo lisciava, ne spiegava gli angoli. Poi lo faceva in quattro e se lo infilava sotto il braccio. Gli piaceva farsi vedere così. Come se avesse un giornale nuovo, appena comperato.

Il Pereni aveva poco più di trent'anni. Era alto, magro. Due occhi troppo azzurri lo tradivano. Viveva ormai tra casa e lavoro e dare una mano in parrocchia.

Casa e parrocchia, da sempre, sino a vent'anni. Guardato a vista dalla Lidia che, pur non volendo ammetterlo, aveva capito che l'Aurelio era una specie di bambino chiuso in un corpo di adulto. Quando lo guardava la assaliva una malinconia. E poi l'ingenua fantasia di poterlo avere sempre sotto gli occhi, proteggerlo, parlargli la lingua semplice che usavano.

L'Ubaldo, suo marito, l'aveva lasciata navigare sulle nuvole fino ai vent'anni dell'Aurelio, dopo basta.

Per quanto gretto, mica c'aveva tutti i torti.

Le aveva detto:

«Uè!».

Se quel figlio era ciula la colpa non era loro.

Ciula, inutile contarsela.

Peraltro con una bocca come tutti, mangiare, bere e tutte le altre cose.

Secondo lei, aveva chiesto l'Ubaldo, cosa avrebbe fatto il giovanotto se fosse rimasto da solo?

Non le aveva dato tempo per rispondere.

Le piaceva l'idea, aveva insistito, che andasse a finire in qualche ricovero per deficienti?

No, eh?

E allora bisognava che andasse a lavorare!

La Lidia aveva aperto bocca.

«Ma quale lavoro?»

«Ci penso io», l'Ubaldo.

Tanto ci aveva già pensato.

Un posticino presso il cotonificio. Aiuto magazziniere. L'Aurelio non doveva fare la fatica di pensare, solo obbedire agli ordini.

I primi tempi non erano stati belli.

Per pochi mesi.

Per pochi mesi gli altri del magazzino, quando l'Ubaldo era fuori tiro, s'erano divertiti col bambolotto. Il massimo era stato rimandarlo a casa ciucco, un pomeriggio. Poi il divertimento aveva perso smalto. L'Aurelio era diventato «uno del magazzino». Che, non appena uscito dal lavoro, passava dall'oratorio o in canonica. Lì trovava l'età che non avrebbe mai avuto. E un sorriso che la Lidia conosceva bene, quello dell'innocenza. Le altre espressioni che metteva su, quando sbuffava contro i vecchi del bar o si lamentava dei bambini all'oratorio, erano solo maschere, semplici imitazioni.

Non aveva vizi, una sola vanità: quella di farsi vedere con il giornale sotto il braccio. In quanto a leggerlo, solo lo sport. Calcio, ciclismo, pugilato.

Martedì sera, non fosse stato per l'alone rosso che stava sopra la testa della donna come una specie di aureola, segno evidente che uno degli avventori ci aveva appoggiato il bicchiere pieno di vino, non si sarebbe accorto della fotografia. Trovare quei segni di altri sul suo giornale lo mandava in bestia.

L'alone rosso attirò il suo sguardo. Alle labbra gli salirono parolacce che non pronunciò. Guardò la fotografia. Conosceva quella donna, l'aveva vista.

40.

Il brigadiere Mannu stava picchiettando una matita sul piano del tavolo.

Picchiettava e rifletteva.

Scrivere o no?

Bel problema.

L'aveva dibattuto tra sé e sé per quasi tutta la giornata, altro da fare non c'era stato.

Martedì vuoto, noioso.

Con un unico, ridicolo intermezzo: l'appuntato Misfatti, con la complicità del mastro vetraio Libero Seccanati, aveva trovato il colpevole.

41.

Il Seccanati era uscito fischiettando la sera prima. Fischiava bene. Armonioso, melodico. Anche potente. Il buio se l'era inghiottito ma il suo fischio aveva continuato a giungere limpidamente alle orecchie dell'appuntato. Che, non sapendo fischiare, si era messo a canticchiare.

«Parlami d'amore Mariù...»

Aveva chiuso il portone, due giri di chiave, poi era salito nel suo ufficio.

«...tutta la mia vita sei tu...»

Aveva smesso perché non ricordava più le parole. E miracolosamente, nel silenzio, la voce di Vittorio De Sica era andata avanti a cantare.

«...gli occhi tuoi belli brillano...»

Per un istante il Misfatti era rimasto interdetto, avvertendo anche un filo di inquietudine. Poi aveva capito che la voce usciva da una radio. Naso all'aria, come un cane che fiuta la pista, aveva ripreso a seguire la canzone.

«...dimmi che illusione non è, dimmi che sei tutta per me, qui sul tuo cuor non soffro più...»

«Parlami d'amore Mariù», s'era aggregato, stonando, il Misfatti.

Che il Seccanati, per rendere dolce il lavoro, si fosse portato al seguito una radio e poi l'avesse dimenticata? Ipotesi stravagante. Ma un buon carabiniere doveva sempre verificare.

Era salito al cesso: risultato negativo, come volevasi dimostrare.

Quindi era ripartito sulle tracce di Mariù. Le si era avvicinato pian piano, discretamente, come d'altronde meritava una donna siffatta. E infine l'aveva beccata, presa per un pelo, sulle ultime note, chiusa nella sacca da viaggio del carabiniere Milagra, sotto la sua branda.

Quindi il Milagra la teneva accesa anche durante il servizio, contravvenendo al preciso ordine del maresciallo!

L'appuntato l'aveva immediatamente sequestrata e messa in bella evidenza sulla sua scrivania. Era stata la prima cosa che il giovanotto, rientrando dalla libera uscita attorno alle dieci e trenta e passato di lì per salutare, aveva visto.

«Cosa direbbe il comandante se venisse a sapere che ascoltiamo la radio, benché a basso volume, in orario di servizio?» aveva chiesto il Misfatti, un'espressione da boia in viso.

Il Milagra aveva risposto arrossendo.

«Dimmi un po' di quel vetro», aveva ripreso l'appuntato.

Così, con l'enfasi che lo contraddistingueva in quelle occasioni, l'appuntato, verso metà mattina, s'era presentato al maresciallo Maccadò dichiarando ad alta voce di aver individuato il colpevole.

Il maresciallo, sulle prime, era rimasto perplesso: colpevole di che? Era forse successo qualcosa in sua assenza di cui non era al corrente?

Nossignore, aveva risposto il Misfatti. Si trattava ancora del vetro del cesso. La responsabilità era del carabiniere Milagra che, la sera prima, evidentemente spinto da rimorsi e sensi di colpa, s'era spontaneamente confessato.

L'entusiasmo dell'appuntato non era riuscito a contagiare il maresciallo.

«Ma 'sto vetro è poi stato sostituito?» aveva chiesto, tanto per dire qualcosa.

«Ancora no», aveva risposto il Misfatti.

«Allora diamoci da fare», l'aveva sollecitato il Maccadò.

E già che era in ballo, aveva aggiunto, che gli mandasse lì il colpevole.

L'appuntato era rimasto un momento indeciso. Voleva il Milagra?

«Certo», aveva ribadito il maresciallo. Aveva la punizione bella e pronta.

Il colpevole era entrato nell'ufficio del maresciallo a testa bassa, come se dovesse infilarla nella ghigliottina.

«Be'?» gli aveva detto il Maccadò.

«Per quel vetro...» aveva borbottato il giovanotto.

«Giusto quello», l'aveva interrotto il maresciallo.

Per fargli purgare il grave delitto e il conseguente grave danno al bilancio della caserma, gli aveva preparato una punizione esemplare. Quindi gli aveva teso la foto della donna scomparsa dall'ospizio, ritagliata dal giornale, e gli aveva ordinato di girare per tutta la giornata, frugando in ogni recesso del paese, mostrandola a chiunque.

«E sta' attento alla mamma del sole», era sfuggito al Maccadò.

Il carabiniere era rimasto di stucco.

«Veramente...»

Avrebbe voluto dire che non sapeva cosa diavolo fosse 'sta mamma del sole. Se qualcuno gli avesse fatto il piacere di spiegarglielo...

Ma il maresciallo lo aveva anticipato.

«Va', su!»

«Comandi», aveva risposto lui.

E se n'era andato in giro fino a sera senza cavare un ragno dal buco.

Ecco, tutto lì quello che era successo nel corso della giornata al termine della quale il maresciallo, con la camicia scura di sudore, aveva augurato buon lavoro al brigadiere e se n'era andato con la precisa intenzione di fare un bagnetto nel lago.

Via lui, partito anche l'appuntato, al Mannu era sembrato di tornare indietro nel tempo, di qualche giorno almeno.

La coppia s'era ricomposta: lui e il Milagra. Ronzavano mosche fastidiose. La radio scorreggiava. Faceva un caldo da tortura. Il pensiero che forse era giunta l'ora, se non addirittura passata, di scrivere due righe ai suoi aveva ripreso forma forza e voce. L'aveva lasciato crescere e parlare.

Da quanto tempo non scriveva?

Due mesi?

42.

Lidia Sfazzi, in Pereni, era alla finestra della cucina di casa. Cercava frescura. Ma soprattutto chiacchierava con la dirimpettaia, Menti Adelaide: un gazzettino che faceva invidia a quelli della radio. Moglie, oltre al resto, del messo comunale. Copia conforme, insomma, di casa Misfatti: dove non arrivava uno, ci pensava l'altra.

La Menti si stava sbrodolando con la storia dell'anziana scomparsa dall'ospizio di Gravedona.

Per tutto il giorno un carabiniere era stato in giro per il paese mostrando a chiunque una fotografia di quella...

E anche suo marito!

Per ordine del podestà, lui e la guardia comunale avevano sospeso i servizi ordinari ed erano andati in giro pure loro a chiedere così e cosà di quella donna, nel caso in cui qualcuno l'avesse vista.

«Per me, però, è morta», diagnosticò la Menti.

«Perché?» chiese la Sfazzi.

Perché... non lo sapeva dire. Ma le piaceva l'idea della disgrazia, la morte altrui.

«E non la troveranno con facilità», aggiunse.

Era di burro?, pensò la Sfazzi. E, sotto il sole di quei giorni, si era liquefatta?

L'Aurelio entrò in cucina in quel momento, giornale in mano. Lo mise sul tavolo, sotto gli occhi di suo padre Ubaldo che stava combattendo senza troppa convinzione contro una botta di sonno.

«Io l'ho vista», fece l'Aurelio, indicando la foto della donna e contenendo a stento il tono della voce.

«Ah sì?» rispose l'uomo, lasciando andare subito dopo lo sbadiglio che gli ballava in gola già da un po'.

43.

C'era voluto il prevosto vecchio per far aprire gli occhi ai due Pereni sulla condizione dell'Aurelio. Più a lei, in verità, che a lui.

Era successo quando l'Aurelio aveva quindici anni e il sacerdote li aveva convocati per dire loro che il ragazzo non gli sembrava adatto al seminario. I due erano caduti dalle nuvole, di quell'idea stravagante il giovane non aveva mai parlato.

Pure il prevosto c'era rimasto secco, mai avrebbe immaginato che i due fossero all'oscuro di tutto. In ogni caso, visto che c'era, aveva comunque esternato le sue perplessità: non gli sembrava che l'Aurelio fosse tanto portato per lo studio. Come se, aveva detto, di un libro cogliesse la sola copertina, delle parole scritte il segno ma non il significato. Ecco: della religione coglieva l'aspetto esteriore. Aveva una cura maniacale delle cotte, dei calici, dell'altare, degli addobbi. Però tutto si fermava lì.

Avrebbe potuto diventare un bel cerimoniere, un ottimo sagrestano. Ma un prete, no.

Uscendo dalla canonica, l'Ubaldo aveva considerato se non fosse stato meglio per il ragazzo essere davvero morto alla nascita come…

«Taci!» l'aveva interrotto Lidia.

Lo sguardo freddo della donna gli aveva spento la lingua.

Come poteva dire una cosa simile di loro figlio?

Talmente loro che, a volte, Lidia sognava di averlo partorito.

Era un segno.

Un segno che il cielo le mandava, una sorta di scusa, un risarcimento per non averla fatta come la maggior parte delle donne.

44.

Adesso pretendeva di aver visto la donna della fotografia! E magari anche lo Spirito Santo!

«Ma», sbuffò l'Ubaldo sempre più preda del sonno.

La Lidia aveva appena finito di dire alla dirimpettaia di aspettare un momento.

«Un momènt!»

Le orecchie come antenne avevano captato le parole dell'Aurelio. Si girò, senza mollare la posizione, il gomito appoggiato al davanzale.

«Cos'ha detto?» chiese rivolgendosi al marito.

L'Ubaldo sospirò, il sonno ormai l'aveva avuta vinta, dilagava.

«Dice che l'ha vista», rispose.

«Davvero», confermò l'Aurelio.

Lidia tornò a guardare la vicina. Stava per dirglielo, non ce ne fu bisogno. Rughe di perplessità segnavano la fronte della Menti. Aveva sentito ma stentava a crederci. Insomma, che l'Aurelio fosse un po' così, mica tutto finito, era cosa nota lì in contrada.

«Ti sembra così impossibile?» aggredì Lidia.

La Menti rinculò, un passo indietro, il tono della Sfazzi mordeva l'aria.

«No», disse.

Ma, nel caso fosse vero…

«Se l'ha appena detto…» graffiò ancora Lidia.

E allora bisognava andare dai carabinieri, disse la Menti.

I carabinieri. Come una doccia fredda.

Alla parola l'Ubaldo, che aveva già appoggiato il mento al pugno destro e stava lasciando calare le palpebre, si riscosse. Si alzò anche, miracolo di agilità, e andò alla finestra, accanto alla moglie.

«Cosa c'entrano i carabinieri?» chiese.

La Menti sorrise, di nuovo padrona della situazione. Sapeva tutto.

Si prese il comodo di far lezione.

Perché in quel caso, disse, si vedeva che nessuno di loro aveva letto il breve articolo che accompagnava la fotografia: chiunque avesse notizie della donna era tenuto a riferirle ai carabinieri, senza indugio. Immediatamente. Fu l'indice della Menti, levato verso il rettangolo di cielo tra le finestre a dirimpetto, che dettò l'urgenza della situazione.

Le due donne si salutarono di fretta. Lidia chiuse la finestra, qualunque cosa avessero da dirsi lei e il marito meglio restasse lì, in cucina. Lesse l'articolo. La Menti non mentiva. Sorrise al gioco di parole. Controllò l'ora. Non era poi così tardi.

«Ci vai tu», decretò l'Ubaldo tornato in posizione, sedia e pugno sotto il mento. Voce profonda.

«Tu e quello che dice di averla vista», aggiunse, e sbadigliò di brutto.

Lidia non ribatté, disse all'Aurelio di prepararsi.

45.

Due mesi?

Forse di più.

Forse anche tre.

Ci stava tutta che i parenti di là, quelli sull'isola, fossero un po' incazzati. Il problema, però, era proprio quello.

Erano loro. Tanti, quasi troppi.

A chi scrivere quindi, visto che i genitori non li aveva più, da un pezzo?

Zia Ninna era la prima candidata. Se avesse scritto a lei, però, avrebbe suscitato la gelosia di zio Pino. La vedeva già zia Ninna andare a casa di zio Pino con la lettera in mano, sventolandogliela sotto il naso.

«Ha scritto Efisio...»

Viceversa se avesse scritto a zio Pino. Con la differenza che zio Pino, anziché andare da zia Ninna a farle aria con la lettera, le avrebbe detto di passare da casa sua, se aveva piacere di leggerla.

Nemmeno poteva scrivere a zio Franco pregandolo di portare saluti e baci a zia Ninna, zio Pino, zia Osmide, zio Efisio, zio Sisinno, zio Nanni e tutti gli altri. Avrebbe innescato una girandola di musi lunghi.

Forse, si arrese a pensare, se non avesse scritto a nessuno sarebbe stata la cosa migliore. Nessuna nuova, in fondo, buona nuova.

Quando sentì suonare il campanello della caserma, il

brigadiere Mannu rimise la carta da lettere nel cassetto, depose la matita e rimandò ogni decisione all'indomani.

46.

Per giungere a spiegare come mai il giornale arrivava in casa loro solo verso sera, Lidia Sfazzi impiegò dieci minuti buoni nel corso dei quali parlò come se in bocca avesse una mitragliatrice. Parole come colpi secchi, sparate a raffica.

Partì dapprima con un ritratto dell'Aurelio. Di quanto fosse buono, ubbidiente, lavoratore. Quanto aiutasse in parrocchia, al Bar di Santa Marta, in sagrestia.

Mentre pioveva la grandine di parole, il brigadiere Mannu s'era studiato il giovanotto. Tra i venticinque e i trenta, lo sguardo fisso al muro, un'espressione seria. Forse più immobile che seria. Sciocca. E soprattutto necessitava di una scorta, la mamma che continuava a sparare ad alzo zero.

Continuava a parlare, la Sfazzi.

Si stava avvicinando alla conclusione del discorso: al preciso momento in cui, mezz'ora prima, più o meno, aveva compreso che bisognava andare dai carabinieri.

«E perché?» chiese il Mannu.

«Perché cosa?» fece la donna.

Perché era andata in caserma, dai carabinieri...

Lidia arrossì, imbarazzata: aveva parlato e parlato ma il motivo per cui si trovava lì mica glielo aveva ancora detto.

«Perché lui la conosce», rispose, facendo un cenno del capo verso l'Aurelio che continuava a stare immobile, lo sguardo fisso al muro.

Il brigadiere represse un sorriso.

«La conosce?» disse. «E allora?»

Sul viso della Sfazzi si stese una specie di paralisi stupita. Ma che carabiniere era quello lì?

«Ma non è sparita?» chiese.

Insomma, non la stavano cercando, come era scritto sul giornale?

«Appunto», confermò il brigadiere.

La stavano cercando. E tutti coloro che erano impegnati nella ricerca non avevano bisogno di persone che conoscessero quella donna, ce n'erano a decine. Piuttosto servivano persone che l'avessero vista di recente, in quei giorni, e che potessero fornire informazioni per rintracciarla.

«Ma lui l'ha vista!» sbottò la donna.

Un colpo solo, ma ben piazzato. L'espressione del Mannu cambiò. Il suo sguardo passò dalla Sfazzi all'Aurelio.

«Quando?» chiese.

«Domenica pomeriggio», rispose Lidia.

«Dove?» continuò il brigadiere senza distogliere lo sguardo dal giovanotto.

«In piazza della chiesa», rispose ancora la donna.

«A che ora?»

«Saranno state le quattro, più o meno.»

L'ora prediletta della mamma del sole, pensò il brigadiere, ora buona per miraggi e allucinazioni.

«E si sono parlati?» chiese ancora il Mannu.

«Lei gli ha chiesto dove poteva trovare il signor arciprete, don Carlo.»

Un altro pensiero sorse nella testa del brigadiere: che il giovanotto fosse muto?

«È muto?» chiese immediatamente.

Lidia sgranò gli occhi.

«Ma cosa dite!»

«Non parla!» tagliò corto il Mannu.

«Però può confermare», ribatté la Sfazzi. «Vero Aurelio?»

Il giovanotto fece cenno di sì col capo.

«Conferma...» mormorò con un sospiro il Mannu.

«Va bene», disse il brigadiere. Ma svogliatamente. Più che in caserma gli sembrava di essere sul palco di una filodrammatica. Tuttavia il senso del dovere prevalse.

Avanti, pensò.

Cognome, nome.

Pereni Aurelio.

Nato il...

4 gennaio 1902.

«A...?»

A...

Alla Sfazzi scappò un mezzo sorriso. Scappò davvero e fuggì via, lontano, perché il Mannu non lo vide.

Sapeva che il momento sarebbe arrivato. Ed era contenta, in fondo, di poter dire quello che da anni ripeteva tra sé.

Perché l'Aurelio era figlio suo.

47.

«Abitavamo a Milano, allora», esordì la Sfazzi.

Perché suo marito lavorava alla Breda, nello stabilimento della Martesana, e avevano trovato casa dalle parti della Bicocca...

Il Mannu sollevò gli occhi dal foglio del verbale. Le biografie le lasciava all'appuntato.

«Allora quando?» chiese per stringere.

Lei, pronta. Aveva la parte tutta in testa, e nella lingua.

«Quasi quarant'anni fa», rispose.

Quando aveva perduto il primo figlio.

«D'accordo, ma...» principiò a dire il brigadiere.

Lui le aveva solo chiesto dov'era nato quello che aveva al fianco e non parlava.

Ma la Sfazzi: «Il primo di tre», sparando davanti alle parole pollice indice e anulare per dare forza e forma alla disgrazia.

«Mi spiace», si obbligò a dire il Mannu. Tuttavia, se ormai erano passati più di trent'anni...

«Chi non prova non può capire», sentenziò la donna.

Non si poteva capire cosa voleva dire vivere in un caseggiato insieme con una ventina di famiglie che, minimo!, avevano tre figli.

«Ce n'era una che ne aveva addirittura otto.»

Se li ricordava bene. Si chiamavano Decanti. In tavola mettevano quasi sempre pane e cicoria di campo ed erano più svelti dei gatti a rubare la roba da mangiare in casa d'altri.

Dopo due anni che erano lì lei era rimasta incinta.

«Meno male», commentò il brigadiere con un mezzo sorriso.

«Sì», confermò la Sfazzi. Per suo marito, però. Perché al pianoterra del caseggiato c'era un trani, l'osteria del Malnàt, dove lui aveva l'abitudine di andare tutte le sere.

Il Mannu credette di capire: «Beveva, eh...».

«Macché», negò la Sfazzi.

In quell'osteria de merda ci andava a giocare a carte una mezz'ora, insieme con gli altri del caseggiato, che così almeno stavano alla larga dalle mogli.

«E allora?» cercò di stimolarla il brigadiere.

Ma come si faceva a non capire!

Lui era l'unico che non aveva ancora figli in mezzo a quella compagnia di conigli!

«Va bene», fece il Mannu, «ma...»

«Gli hanno dato un soprannome.»

Bragapassa!

«Cioè?»

Va a tradurglielo!

La Sfazzi agitò per aria indice e pollice.

«Capito», fece il brigadiere.

Così, riprese la donna, quando era rimasta incinta aveva fatto un ciocco che metà bastava. Le aveva cantate chiare sulla faccia di tutti, uomini e donne, lei non aveva paura di nessuno.

Solo che due mesi dopo l'aveva perduto.

Può capitare!, aveva risposto a tutti quelli che le avevano chiesto come mai la pancia non crescesse.

Sotto, all'osteria, suo marito aveva smesso di andare. Ma i suoi vecchi soci di briscola non avevano mica smesso di prenderlo di mira.

«'Sti vigliacchi!»

Lo aspettavano alla porta del trani, alla sera, quando tornava dal lavoro, gli dicevano che era la sera buona per i gemelli o di andarci piano, sennò crollava il pavimento.

«E lui?» chiese il brigadiere.

«Zitto», rispose la Sfazzi.

Cosa poteva fare, poveretto?

Poi per la seconda volta c'era rimasta. Non gliel'aveva nemmeno detto subito a lui, al marito. Ma una sera, verso il terzo mese, aveva avuto un'*ammoragia.*

Il Mannu socchiuse gli occhi, la Sfazzi capì e chiarì.

Era stata male, aveva perduto sangue, suo marito s'era spaventato, aveva chiamato una vicina, quella con un'occhiata aveva capito tutto, aveva mandato a prendere un dottore, era andato tutto bene ma la mattina seguente tutto il caseggiato lo sapeva.

Dopo, gli uomini avevano smesso di rompere l'anima a suo marito.

«Che comunque al trani non c'è più andato.»

Invece le donne avevano cominciato a riempire lei di consigli. Uno su tutti: lasciar perdere.

Ma lei sapeva che c'erano donne che ne avevano persi anche quattro o cinque prima di averne uno, glielo aveva detto una sua sorella che faceva la levatrice.

«E con una sorella levatrice, voi...» cercò di dire il Mannu.

La Sfazzi tagliò l'aria con un braccio che sembrava una sbarra.

Momento, che ci arrivava.

Sua sorella non era lì sottomano. Andata via da Milano giovanissima. Si vedevano solo a Natale. E proprio sotto Natale...

«Natale 1900!»

Proprio sotto Natale aveva perso il terzo e per poco non ci lasciava la ghirba perché aveva avuto un'altra *ammoragia* potente e avevano dovuto ricoverarla.

Sette giorni di rosari.

Era tornata a casa sulle sue gambe.

Però...

Però una volta tra quelle mura aveva capito che quella

non era più casa sua. C'erano nell'aria troppe cose brutte, a parte le chiacchiere e gli sguardi.

«Cosa avreste fatto voi?» chiese la Sfazzi prendendo in castagna il brigadiere.

Cazzo ne sapeva lui, mica era nato per partorire figli!

«Ne avete parlato con vostro marito?» buttò lì.

«Ho scritto a mia sorella.»

«La levatrice?»

Sì.

Ed era stata lei a darle la forza per fare quello che era successo dopo.

«Cambiare tutto!» disse la Sfazzi.

Vita, lavoro, aria. Parole sante, che se le avesse scritto prima...

Per la vita ogni luogo andava bene, le aveva risposto sua sorella. Per il lavoro bastava averne voglia e c'erano opportunità dappertutto. A Bellano, per esempio, dove il cotonificio appena avviato era in continua ricerca di mano d'opera.

Circa l'aria, sua sorella le aveva fatto sapere che lì da lei nascevano certi bambini bianchi e rossi come mele mature che veniva voglia di mangiarli.

«Abbiamo fatto così, signor carabiniere», disse la Sfazzi.

«Brigadiere», corresse il Mannu.

«Quel che l'è.»

Suo marito aveva trovato posto come magazziniere.

«Invece io...»

Stava arrivando il gran finale, la Sfazzi attese.

«Voi?»

«Lo volete sapere?»

Avrebbe anche voluto andare a dormire.

«Posso farne a meno?» chiese il Mannu.

«No», rispose la Sfazzi.

Perché adesso arrivava il dolce. Fosse stata l'aria o la nuova vita, lei c'era rimasta per la quarta volta e aveva passato i mesi della gravidanza sotto l'occhio vigile della sorella, a casa sua, mentre suo marito, poveretto!, lavorava, sistemava la casa di Bellano e appena poteva pigliava il battello e andava a trovarla.

Era per quello che il bambino era nato lì.

«Ma dove?» chiese il Mannu esasperato.

«Ma a Gravedona no!» rispose la donna.

«A Gravedona?»

Certo, in quella condotta, era là che sua sorella lavorava.

«Bene», fece il brigadiere.

C'era voluta un'ora per mettere a verbale il luogo di nascita del giovanotto.

48.

Silenzio adesso, come se la Sfazzi avesse esaurito tutto l'ossigeno che c'era nell'ufficio. Il brigadiere ragionò che non doveva dare altro spazio alla lingua della donna. Li guardò entrambi, prima il muto e poi lei.

«Vi ringrazio», disse.

Lidia Sfazzi restò interdetta.

Voleva dire che potevano tornare a casa?

«Ma certo», confermò il Mannu.

Aveva preso nota della segnalazione, aveva i dati del silente testimone, se avessero avuto bisogno di ulteriori informazioni si sarebbero fatti vivi. Non c'era altro da fare, se non mettere al corrente il maresciallo.

Certo, non subito, ragionò tra sé il Mannu una volta rimasto solo. Ormai erano le undici passate. Non era proprio il caso di andare a disturbare il Maccadò per raccontargli di un trentenne che parlava ancora per bocca di sua madre e della madre stessa che, per parlare, sembrava pagata a cottimo.

«Domani», decise.

Adesso gli pareva il momento giusto per dedicarsi a un'altra faccenda.

Non se scrivere o meno ai suoi, quello lo aveva già rinviato al giorno successivo. Piuttosto voleva sapere come fosse andata tra l'appuntato e il Milagra.

Chiamò quindi il carabiniere.

«Come vanno le cose?» chiese tanto per rompere il ghiaccio.

Intendeva la crociera, l'impresa dei trasvolatori. Il Milagra comprese al volo.

«Tempaccio», rispose il giovane.

La Squadra Atlantica non era ancora riuscita a decollare per la terza tappa.

49.

La Sfazzi tornò a casa prendendola larga.

Uscita dalla caserma, anziché infilarsi subito in contrada, traversò la strada e imboccò il lungolago. L'Aurelio non le chiese il motivo di quella passeggiata, la seguì.

La donna si sentiva strana, non poteva negare di provare un poco di delusione.

Insomma, dai carabinieri, in vita sua, non c'era mai andata. Però s'era immaginata che entrare in una caserma fosse come aprire una porta sull'ignoto: domande su domande, luci negli occhi, sguardi indagatori.

Quindi, prima di uscire di casa s'era ripetuta per l'ennesima volta quella storia che da trent'anni si girava e rigirava in testa, perché sapeva che le avrebbero chiesto i dati dell'Aurelio, luogo di nascita compreso. A suo modo di vedere non aveva falle, era perfetta. Ma – chi poteva saperlo? – un abile investigatore poteva tendere tranelli inimmaginabili.

Nel momento in cui aveva dichiarato il luogo di nascita dell'Aurelio aveva trattenuto il respiro: quello era il momento cruciale.

Invece niente.

«Vi ringrazio.»

Bene così, il segreto era salvo. Però un poco le dispiaceva.

Adesso, ragionò mentre tagliava dietro il convitto del cotonificio, le toccava la vicina.

Sapeva che quella non si sarebbe coricata prima di vederla e sapere come fosse andata. Non poteva certo dirle che la sua dichiarazione era stata accolta con un semplice «Vi ringrazio».

Entrata in cucina vide la finestra di fronte ancora illuminata. Si prese il tempo per farla rosolare ancora un po'. Che aspettasse, la curiosa!

Pure lei però era ansiosa di fare un po' di teatro.

Non riuscendo più a trattenersi, si munì di un bicchiere colmo d'acqua, si affacciò alla finestra e picchiò sul vetro con una bacchetta.

Come d'incanto la Menti comparve.

«Allora?» chiese.

«Sapessi...» rispose la Sfazzi agitando una mano per aria, come a far intendere che un'esperienza del genere lasciava il segno. Poi bevve un lungo sorso dal bicchiere.

«Ho la gola secca da tante domande che mi hanno fatto», spiegò subito dopo.

Non augurava proprio a nessuno, aggiunse, di passare quello che aveva passato lei in quell'ultima ora.

Di lato alla Menti si aprì un'altra finestra. Attirata dal chiacchiericcio, comparve Aurora Catròn, veneta, moglie di Genio Sibili, trombée – ovvero idraulico.

«Ma è successo qualcosa?» chiese.

Aveva orecchiato sino ad allora, senza capire bene. Pure a lei la Sfazzi offrì la mano agitata per aria, poi finì l'acqua nel bicchiere. Tra le due non c'era una gran confidenza.

Quindi: «Sapeste...» riprese.

La Catròn sentì correre l'acquolina in bocca: «Ma cossa?».

Alla Menti tutto quel protagonismo della sua dirimpettaia diede fastidio. Gelosia. Decise di interromperlo: «E l'Aurelio?» chiese maligna. Quel tontolone, voleva dire, quell'intronato...

Alla Sfazzi saltò la mosca al naso. Capiva la ragione della domanda: Pelanda!, pensò. E chiese di rimando: «L'Aurelio cosa?».

L'Aurelio aveva fatto la sua bella dichiarazione!

Poi chiuse la finestra e i vetri tremarono.

50.

La Calabria ce l'aveva nel cuore, il maresciallo Maccadò.

Anche sulla camicia, notò mercoledì mattina, subito dopo essere entrato in caserma ed essersi guardato in un tocco di specchio che stava nell'atrio. Era una macchia di sudore i cui confini ricordavano vagamente le forme della sua terra d'origine. Pinzò la stoffa con due dita e la staccò dal torace.

Poi, girandosi, parlò: «Le cose le devo venire a sapere dalla piazza, eh!».

S'era rivolto al Milagra, che gli aveva aperto, e al brigadiere, che stava scendendo le scale.

Il Milagra pensò immediatamente alla sua radio, temette che l'appuntato lo avesse denunciato al superiore per l'uso in orario non autorizzato. Il brigadiere invece fece per chiedere cosa intendesse. Ma il maresciallo tenne stretto il pallino.

Era stato il messo comunale Menti a raccontargli la novità. Tutte le sante mattine, quando il Maccadò andava in caserma, i due si incrociavano e il messo gli rivolgeva sempre lo stesso invito.

«Caffè, maresciallo?»

Il maresciallo: «No», sempre la stessa risposta. Fino alla mattina in cui, avendogli risposto sì, gli era poi toccato anche pagare i due caffè, visto che quello non aveva nemmeno fatto la mossa.

«Allora l'Aurelio l'ha proprio vista, quella donna che

state cercando», aveva subito aggiunto il messo, goloso di altre novità.

Il maresciallo era rimasto interdetto, chi era mai 'sto Aurelio?

«Il Pereni, il figlio di quei due che abitano su, in Pradegiana, quello un po'...» aveva specificato il Menti picchiandosi l'indice alla tempia.

«Aaah...» aveva tirato via il maresciallo, fingendo di essere al corrente.

Ma aveva sentito un temporale crescergli in corpo ed era entrato in caserma con il primo fulmine sulla punta della lingua.

Prima che ne scoccasse un secondo, il brigadiere Mannu intervenne.

«Posso spiegarvi.»

«Lo credo bene», fece il Maccadò appena appena più morbido, salendo verso il suo ufficio.

«La madre, in effetti, dice così», disse il brigadiere.

«La madre?» chiese il maresciallo lasciandosi cadere sulla sedia.

«La madre del Pereni», specificò il Mannu, restando in piedi, le mani dietro la schiena.

«Ma chi l'ha vista, quella donna? 'Sto Aurelio o la madre?»

Era quello il punto, disse il Mannu. Il figlio l'avrebbe vista, la madre invece lo aveva dichiarato a lui, la sera prima. Considerati i due soggetti che si era trovato di fronte, non gli era parso il caso di andare a disturbare il maresciallo a notte fatta. Il giovanotto non gli sembrava un testimone dei più attendibili.

«Ancora la mamma del sole?» interloquì il Maccadò.

Il brigadiere allargò le braccia: poteva darsi.

Però, in quel caso, il mezzo per verificare c'era.

«Cioè?» chiese il maresciallo.

Don Carlo, l'arciprete.

Il giovanotto...

«Cioè, sua madre», si corresse immediatamente il brigadiere.

Insomma, lui, per bocca della madre, aveva dichiarato che la donna gli aveva chiesto del sacerdote e l'aveva indirizzata in chiesa, dove don Carlo era appena entrato.

Se il prete avesse confermato...

«Tuttavia, se non me la sono sentita di disturbare voi, men che meno ho pensato di farlo con l'arciprete. Sempre per via dell'ora», concluse il Mannu.

«Adesso però l'ora mi sembra urbana», osservò il maresciallo.

Urbana e calda.

«Agli ordini», rispose il brigadiere.

51.

Il cavalier Vignetta aveva una faccia che sembrava gli avessero ammazzato più di un gatto. Era giunto in caserma poco dopo l'uscita del Mannu. Il Maccadò, che lo stava ascoltando da più di dieci minuti, sapeva però che gatti in casa Vignetta non ce n'erano. Tuttavia, a parte i gatti morti o vivi, le pieghe tragiche del viso del Vignetta c'erano tutte.

Perché nemmeno una mezz'ora prima il cavaliere aveva ricevuto una telefonata: il Federale in persona, l'Eupilio Erba niente meno. Che aveva preso visione da poco del certificato anagrafico inoltratogli dal Municipio come da richiesta.

Una meraviglia, aveva commentato, euforico.

Quattordici figli, uno via l'altro. Una famiglia perfetta, italianissima.

Fascistissima! Un limpido esempio della corsa alla prolificità in assoluta sintonia con le direttive del regime: dare, alla Patria, figli, figli e ancora figli.

Era pronto a scommettere che la Velia Berilli sarebbe stata una delle mamme italiane che, per alti meriti di prolificità, Sua Eccellenza Benito Mussolini avrebbe ricevuto nella sala del Mappamondo di lì a pochi mesi, per celebrare la Giornata della Madre e del Fanciullo.

In quell'istante il primo gatto era morto sotto gli occhi del Vignetta: finalmente aveva compreso il contenuto di quella lettera che non aveva mai scritto né visto.

Ricevuta e premiata!, aveva insistito il Federale.

L'immagine del gatto morto aveva indotto il Vignetta a emettere un lamentoso miagolio, inintelligibile per il Federale. Che infatti s'era interrotto per chiedere ragione del verso che aveva viaggiato lungo il filo del telefono.

Il cavaliere allora, facendo appello a tutto il coraggio di cui disponeva, aveva, lentamente ma con decisione, messo al corrente il Federale che lui di quella prima lettera non sapeva assolutamente niente e temeva che ci fosse sotto qualcosa.

Il Federale non aveva emesso verbo per quasi un minuto. Poi: «E adesso me lo venite a dire?» aveva chiesto.

Adesso che aveva messo in moto tutta la Federazione, impegnata allo stremo al fine di portare al cospetto di Sua Eccellenza quel fulgido esempio di italianità e perfino, se gli permetteva, larianità?

Adesso che anche a Roma c'erano camerati che stavano brigando per la buona riuscita dell'operazione Berilli?

Il Vignetta aveva taciuto. Ora che la tempesta era scoppiata si sentiva lieve, in attesa del sereno che sarebbe seguito.

«Mi meraviglio di voi, caro il mio segretario», era esploso il Federale.

Che si meravigliasse pure, aveva pensato il Vignetta. E che gli riversasse pure in testa il predicozzo che sentiva prossimo. A patto, una volta chiusa la telefonata, di archiviare definitivamente la faccenda.

«Mi meraviglio di voi», aveva invece proseguito il Federale, «che non abbiate pensato per primo a questa grande opportunità! Un'occasione unica per la nostra provincia tutta!»

Plaudeva invece ai quindici camerati bellanesi, ai quindici sottoscrittori della lettera che sostituendosi al loro segretario – «Un pavido!» – l'avevano informato dell'esistenza della Berilli.

«Il dado è ormai tratto», aveva esclamato il Federale.

A quel punto nella mente del Vignetta il secondo gatto aveva tirato le cuoia. Ma la strage non era ancora finita.

Perché nel tentativo estremo di rimediare, il cavaliere del Regno aveva informato Eupilio Erba delle condizioni attuali della Berilli: sdentata, malvestita, lorda. Non aveva avuto bisogno di caricare i toni.

«Fatele una dentiera, vestitela, ripulitela da cima a fondo. Ve ne incarico ufficialmente», era stata la risposta del Federale. «Io non mi posso più tirare indietro. E tenete presente che niente, nessun ostacolo è invalicabile per chi agisce con fascista volontà!»

Come i quindici firmatari della lettera: di cui il Federale aveva richiesto gli indirizzi per inviare loro una lettera d'encomio.

Il Vignetta, con il terzo gatto morto sotto gli occhi, aveva ribadito di non sapere niente di costoro.

«Vi manderò l'elenco dei nomi», aveva chiuso secco secco il Federale.

«Mi sento come se avessi un cappio intorno al collo», concluse il Vignetta dopo una mezz'ora abbondante durante la quale il maresciallo Maccadò, oltre che ascoltarlo, aveva seguito alcune gocce di sudore che, lentamente, gli correvano giù per il torace, verso la Sicilia insomma.

«Va be'», rispose poi, cercando di sdrammatizzare, «se ci tengono così tanto a mandare a Roma la Berilli, lasciate che lo facciano. Dentiera o no, sono convinto che, non appena la vedranno, saranno loro i primi a fare dietrofront. E allora ci sarà da ridere!»

All'uscita del Maccadò, il Vignetta vide con precisione assoluta il quarto o quinto gatto morire sotto i propri occhi. E questa volta per mano del suo amico maresciallo.

52.

Chiazze di olio galleggiavano sulla superficie ferma dell'acqua, l'odore di carburante penetrava nei polmoni. Dentro il cantiere della Navigazione Lariana il caldo era insopportabile, intorbidava l'aria. Il capomeccanico Giulio Scarenna se ne stava in prua al *Nibbio.* Era un uomo alto, imponente, pelato. Aveva il cranio lucido di sudore. Era a torso nudo, aveva le mani ai fianchi. Era solo. Stava effettuando una specie di ispezione: prendere visione della nave e calcolare quanti operai gli servissero per procedere allo smantellamento del battello nel più breve tempo possibile.

Il rumore dei suoi passi sulla plancia della motonave rimbombò sotto la volta del cantiere. Si avvicinò alla cabina dei passeggeri, con una mano spinse la porta, annusò, lo sentì. Una carezza ripugnante. Un odore dolciastro, pesante. Mischiato a quello del grasso, impastato nell'aria calda e umida. Un odore putrefatto, immobile come la luce, l'acqua del lago, il caldo.

Il capomeccanico Scarenna prese il fazzoletto, se lo schiacciò sul naso. Misura inutile. Fece due passi, si fermò. Pensò di uscire un momento per ricambiare un po' quell'aria marcia che aveva nei polmoni. Si avviò verso la poppa del *Nibbio.* Quando fu all'altezza della porta dei servizi igienici l'odore si fece così intenso che allo Scarenna bruciarono gli occhi. Ebbe una vertigine. Per non cadere si afferrò alla maniglia della porta. Era aperta ma non si spalancò completamente. Qualcosa glielo impediva.

Il capomeccanico lasciò cadere il fazzoletto. Le lacrime agli occhi, vide un paio di gambe, grosse, bluastre, un orlo di vestito. Il resto del corpo della donna era dietro la porta, le impediva di aprirsi del tutto.

53.

Don Carlo era ancora nella sua camera, quindi non lo si poteva disturbare.

Tono asciutto, viso compassato. Quando la perpetua Scudiscia voleva far intendere una cosa, non aveva bisogno di lunghi discorsi.

Ma c'era gente, come quel brigadiere scuro di barba, che era dura di comprendonio. Nonostante le sue parole, stava lì impalato, come se non l'avesse sentita.

«Da un paio di giorni don Carlo non sta un granché bene», spiegò.

Non disse che era stanco, affaticato, che mangiava poco, che quel caldo senza requie non lo aiutava certo a sentirsi meglio: tanto doveva bastare per convincere il carabiniere a girare sui tacchi.

«Non lo disturberò a lungo», ribatté invece quello.

Una palpebra della perpetua cadde, rughe le comparvero sulla fronte: espressione del viso ben nota ai bambini dell'oratorio quando il pallone, anziché in piazza della chiesa, andava a finire nel giardino della canonica.

Avanti così, avrebbero fatto notte, rifletté la Scudiscia.

Allora cedette di un passo.

«Il dottore gli ha prescritto riposo assoluto», mentì.

«Si tratta di cosa urgente», rispose il brigadiere, «ma breve, l'ho appena detto. Non ve lo affaticherò.»

Era come parlare a un sasso. La Scudiscia valutò se resistere ancora oppure arrendersi.

Si arrese. Ma con l'onore delle armi.

«Vi do cinque minuti», offrì.

«Basteranno», fece il Mannu entrando in canonica e chiedendo dove fosse la stanza.

«Sì...» fece tra sé la donna, «dov'è la stanza...»

Cosa credeva quello? Di poterla imbrogliare solo perché era una perpetua? Se aveva detto cinque minuti, cinque minuti sarebbero stati, carabiniere o no.

«Vi accompagno», disse e si avviò precedendolo lungo le scale, dopodiché annunciò la visita all'arciprete.

Don Carlo era ancora sotto le lenzuola. Aveva il breviario in mano, gli occhi chiusi però. Stava ascoltando il chiacchiericcio dei passeri che andavano e venivano dalla magnolia, occupati nelle faccende del giorno nuovo.

«C'è qui il signor brigadiere», annunciò.

Il Mannu, dietro di lei, cercò di sdrammatizzare il tono altamente tragico della donna.

«Sì, ma non preoccupatevi reverendo. Ho solo bisogno di chiedervi una cosetta, dopodiché vi lascerò in pace.»

L'arciprete chiuse il breviario.

«Ditemi», rispose, «e scusatemi se resto a letto... Ma ormai sono solo un vecchio prete stanco.»

La perpetua uscì dalla stanza, si tirò dietro la porta: un cigolio di cardini, e poi nessun altro rumore. Il Mannu era pronto a scommettere che non l'avesse chiusa del tutto e, da uno spiraglio, orecchiasse. Allora si avvicinò al letto del sacerdote e abbassò la voce come se si stesse confessando.

Don Carlo lo ascoltò quietamente, con un orecchio. Con l'altro non riusciva a staccarsi dal canto dei passeri. Quando il brigadiere finì di spiegare il motivo della sua visita, il vocio degli uccelli sembrò riprendere forza.

«No», rispose semplicemente l'arciprete.

In chiesa, da lui, domenica, non era entrata alcuna donna.

54.

L'aveva detto.

Più che detto pensato, subito, la sera prima: quel giovanotto non era un testimone attendibile. Si vedeva, si intuiva che qualcosa, nella zucca, non gli funzionava a dovere. E forse anche in quella della madre qualche rotella non era registrata del tutto.

Al brigadiere scappò da ridere. Da quando gli era tornata alla memoria l'immagine di zia Ninna che, curva come un uncino, gli sussurrava nelle orecchie, sembrava che la mamma del sole si fosse materializzata davvero nel cielo sopra il paese e si divertisse a prendere di mira ora l'uno ora l'altro. Di certo quel giovanotto, quell'Aurelio, era stato il primo bersaglio della serie, colpito in pieno.

Tagliata in diagonale la piazza della chiesa, il Mannu sbucò in via Cavour, voltò a sinistra e suonò al portone della caserma. Nell'attesa che gli aprissero diede un'occhiata al lago, piatto, e al cielo, sbiadito. Facile prevedere un'altra giornata di afa e umidità.

Entrò sorridendo nell'ufficio del Maccadò: «L'avevo detto io».

La frase gli morì sulle labbra.

«L'hanno trovata», gli disse il maresciallo.

Lo aveva informato, un paio di minuti prima, il Carissimi. Trovata in un battellino della Navigazione Lariana, la motonave *Nibbio*, destinata allo smantellamento. Chiusa nel locale dei servizi igienici, morta da un paio di giorni. L'ultimo viaggio del mezzo con passeggeri a bordo era stato domenica. Partenza da Bellano alle diciassette e quaranta, ultimo scalo Gravedona e poi il trasferimento notturno verso Como, destinazione finale.

«Gli orari coincidono», affermò il maresciallo.

Tutti, perfettamente. Quello della sua scomparsa dall'ospizio, quello della sua partenza da Bellano.

Il giovanotto aveva ragione e a loro, adesso, toccava comunicare alla questura di Como nome e cognome con relativa deposizione.

«Potrebbero convocarlo per il riconoscimento», disse il maresciallo.

Anche se, ridotta come doveva essere, non sarebbe stato certamente un bello spettacolo.

«Certo...» fece il Mannu tergendosi dalla fronte un velo di sudore denso, appiccicoso.

Al Maccadò non sfuggì l'imbarazzo del brigadiere, quel «certo...» che aveva buttato lì e adesso vagava nel vuoto.

C'era qualcosa che non andava?

«Ci sarebbe», rispose il Mannu.

«Sì?»

Don Carlo aveva negato.

«Come?»

Il brigadiere confermò con un cenno del capo.

«Afferma di non aver visto alcuna donna domenica.»

E sembrava sincero. Il brigadiere ripensò al viso tranquillo dell'arciprete mentre lo ascoltava, al no quieto che gli aveva risposto.

A meno che, anche lui, vista l'età...

«No», fece il maresciallo.

La mamma del sole non c'entrava.

C'era qualcosa, qualcosa che...

«Perché la donna trovata morta nel battello è stata per lunghi anni la sua perpetua», disse.

«Di don Carlo?» chiese il Mannu.

Proprio.

Glielo aveva detto il maresciallo Carissimi.
Quindi c'era qualcosa, qualcosa di più, qualcosa d'altro.
Qualcosa che non quadrava.

55.

Per un paio di mesi, dopo il suo ingresso come parroco nella pieve di Gravedona, nell'estate 1912, don Carlo s'era arrangiato, assorbito dal compito di conoscere i suoi nuovi parrocchiani e il vasto, poco agevole territorio dell'arcipretura che gli era stata assegnata.

Certo, il pensiero che avrebbe dovuto dotarsi di un aiuto domestico serio e affidabile era spuntato ogni tanto, ma l'aveva rinviato. Non era ancora tempo per pensarci.

Poi, una volta assestato, aveva affrontato la questione e messo in giro la voce che stava cercando una perpetua.

Aveva conosciuto così Maria Domenici. Non era stata la prima, nemmeno l'unica.

Ma quando se l'era trovata davanti aveva immediatamente compreso di essere di fronte alla persona giusta.

Maria si era presentata con una grazia composta, aveva parlato di sé con misura... nessuna differenza con le altre.

Don Carlo aveva però intuito dentro di lei un dolore. L'aveva avvertito con un brivido, una stretta allo stomaco.

Lo nascondeva. Era un dolore che taceva, si mascherava, ma non sarebbe mai morto. L'aveva congedata, dicendole che le avrebbe fatto sapere, ma dentro di sé aveva già deciso.

Giusto per scrupolo aveva preso qualche informazione: non aveva fatto altro che sentirsi confermare ciò che la Domenici gli aveva raccontato di sé: che era giunta a Gravedona da Milano come donna di servizio di Mercede

Canzi quando quest'ultima, verso la fine del secolo passato, si era definitivamente stabilita lì; che aveva perduto il posto dopo la morte del marito della Canzi, quando la fresca vedova aveva licenziato tutto il personale, prendendo la singolare decisione di vivere da sola i giorni che le restavano, senza più uscire di casa, senza vedere nessuno.

A dire la verità il sacerdote aveva acquisito più informazioni su quella Canzi che non su Maria. Illazioni, pettegolezzi. A don Carlo era sembrato che le persone con cui aveva parlato, una volta dette le quattro cose che sapevano della Domenici, non vedessero l'ora di parlare, o sparlare, di Mercede Canzi, descrivendola come una strega, un'arpia, una specie di pipistrello che dormiva di giorno per stare sveglia di notte. E la notte, nelle stanze della villa che giorno dopo giorno era diventata cupa, o nel giardino inselvatichito per l'incuria, ne succedevano di tutti i colori.

In realtà, che cosa succedesse, nessuno aveva saputo dirlo. Solo un certo Tino Fescia, un rinofimico allegrone, aveva, con alito vinoso, riferito a don Carlo di aver visto ballare una notte, sotto un cielo senza luna, la testa mozzata di Paci Paciana, il famoso bandito bergamasco che ai primi dell'Ottocento, braccato dalla polizia, aveva cercato rifugio da quelle parti trovandovi invece la morte per mano del suo sodale, il bandito meridionale Carcino Carciofo.

Alle parole del Fescia don Carlo aveva sorriso, lo aveva ringraziato, offrendo a quel naso vermiglio l'ennesima misura di vino. Ma aveva pensato che anche lì, dietro le mura di quella villa che cominciavano a mostrare i segni dell'abbandono, dietro l'intricata muraglia della vegetazione, si nascondeva probabilmente un altro dolore.

Maria aveva trasferito nelle stanze della canonica il suo corpo magro, stanco e più vecchio degli anni che aveva, e la sua silenziosa intelligenza.

La sua malinconia.

L'aveva difesa con pudore. Ma non aveva potuto fare niente quando don Carlo l'aveva osservata senza essere visto. Era successo, più volte, nelle pause di riposo della donna, quando quel dolore che nascondeva reclamava il diritto di essere ancora vivo e ascoltato. Verso sera, nella luce d'oro di un tramonto o nelle sfiancanti giornate di vento. Ogni giorno c'erano momenti in cui Maria sembrava un'altra. Bastava chiamarla e tornava a essere quella di sempre.

Don Carlo aveva atteso.

Finché, una sera...

Era successo alla fine dell'estate. C'era un cielo fitto di stelle, buio nel fondo che si perdeva ma luminoso allo sguardo. Don Carlo stava guardando gli astri, insensibili a ciò che era successo nel pomeriggio.

Una madre era annegata con il figlio nelle acque del lago, alla fine di una giornata limpida, serena, senza vento. Eppure a un certo punto la barca sulla quale stavano navigando s'era rovesciata e i due erano scivolati nel lago senza grida, come se quella fosse la loro volontà. Erano finiti in un buco d'acqua che s'era chiuso rapidamente e poi tutto era tornato come prima.

Forse un movimento sbagliato, aveva ipotizzato un testimone che aveva raccontato di aver assistito alla scena dalla riva, senza poter fare nulla per evitare la disgrazia.

Era successo tutto in pochi attimi. Poi di nuovo la calma della giornata, la sua luce, la barca che per un po' era andata avanti a dondolare.

La notizia aveva steso su Gravedona un silenzio compatto. Paura, anche. E incredulità per la facilità con cui si poteva passare così in fretta dalla vita alla morte: prima e poi, come se fossero solo parole.

Quella sera Maria Domenici non era riuscita a frenare la commozione. Aveva pianto, finalmente, davanti a qualcuno.

Don Carlo aveva aperto la porta del suo dolore.

«Dimmi perché piangi, Maria», aveva detto.
Poi aveva chiuso gli occhi, come quando confessava i suoi parrocchiani.

56.

Nonostante fossero le dieci della mattina il Seccanati aveva le palpebre a mezz'asta, una faccia che chiamava sonno, le mani in tasca e la borsa degli attrezzi a tracolla.

«Ma 'sti lavoretti del piffero non li fai solo di sera?» chiese l'appuntato Misfatti.

«Prendere o lasciare», rispose il vetraio che stava per fare la mossa di quello che si gira e va via.

«Dai», fece l'appuntato scostandosi dalla soglia del portone e facendogli cenno con la testa di entrare.

Il Seccanati entrò: due passi e si fermò quasi al centro dell'atrio, guardandosi in giro. Diede al Misfatti l'impressione di essersi dimenticato il motivo per cui si trovava lì.

«È il vetro del cesso», lo informò l'appuntato.

Il Seccanati sospirò, terminò con calma quella specie di giro d'ispezione.

«Sto abituando la vista alla penombra di qui dentro», spiegò. Poi si avviò verso le scale e cominciò a salirle. Lentamente però, estenuante.

«Stai attento a non sudare», ironizzò il Misfatti.

«Mai sudato in vita mia», rispose serio il vetraio.

Quando Dio volle furono entrambi davanti al cesso. Il Seccanati, con movimenti eleganti, depose a terra la borsa degli attrezzi, si tirò su le braghe ed emise un secondo sospiro. Non si decideva a muoversi.

«Ci vorrà molto?» chiese l'appuntato, impaziente.

Quello gli rispose con uno schiocco della lingua, come se avesse appena degustato una prelibatezza.

«Il tempo che ci vuole.»

Il Misfatti sentì prudergli la punta delle dita dei piedi: non fosse stato il vetraio più a buon mercato sulla piazza, sarebbe stata roba da fargli fare il giro del lago a calci nel culo.

«Va bene», incassò.

Ma lo chiamasse subito a lavoro finito, avvisò prima di scendere nel suo ufficio: la riparazione era sotto la sua responsabilità e quindi gli toccava controllare che tutto fosse eseguito a regola d'arte.

Il Seccanati manco lo sentì, manco gli rispose. Da quando in qua un carabiniere aveva la competenza per controllare la bontà di un lavoro eseguito da un figlio d'arte pari suo?

Un passo e fu dentro il cesso. Una volta lì lasciò andare uno sbadiglio la cui eco percorse come una corrente d'aria l'intera caserma.

Andiamo bene, rifletté l'appuntato. Se quella era l'energia che il Seccanati avrebbe messo nel lavoro c'era il rischio di averlo tra i piedi fino a sera.

57.

Un giro di lancette sulla pendola che scandiva il lugubre tempo nella villa della Canzi.

«Tanto è durata la vita di mio figlio», aveva detto Maria.

Era in servizio da un paio di anni. Quando non aveva più potuto nascondere il suo stato e aveva dovuto confessarlo, la Canzi avrebbe voluto cacciarla, rispedirla a Milano. Era stato il marito a opporsi. Mancavano tre mesi al parto.

«Era suo quel figlio?» aveva chiesto don Carlo.

«Era figlio mio», aveva risposto Maria. Ma come se non importasse ormai sapere di chi fosse. Non importava più infatti, e il sacerdote non aveva insistito.

Ma quello stesso dubbio aveva cominciato a mordere la padrona di casa. Soprattutto quando, pochi giorni dopo che Maria aveva rivelato il proprio stato, l'uomo aveva tentato di convincerla a tenere loro il bambino, o bambina che fosse: erano senza figli…

«Non voglio bastardi in casa!» aveva reagito la Canzi.

«E io non voglio sulla coscienza una madre e un figlio mandati allo sbaraglio», aveva replicato lui.

Allora, visto che le cose stavano così, aveva sibilato la Canzi, visto che doveva convivere con quella sotto lo stesso tetto, aveva delle regole da dettare.

Che le stesse lontana, senza farsi vedere né sentire. Né lei né il bastardo.

Maria aveva passato gli ultimi tre mesi della gravidanza segregata in una stanza dell'ultimo piano della villa.

Un parto normale, rapido.

Il bambino però era morto subito dopo, asfissia le avevano detto. Non c'era nemmeno stato il tempo per battezzarlo. L'avevano sepolto in gran segreto, mettendolo nella bara di un anziano deceduto il giorno prima, l'ottantenne Sebastiano Varrazzi.

Quel nome, poco più di un anno dopo, era suonato di nuovo all'orecchio di don Carlo.

Era stato nel corso di un novembre fradicio di pioggia. Da giorni nuvole basse, grigie, compatte come un muro incombevano sull'intero lago. Le strade erano diventate di fango, non si sentiva che il rumore dell'acqua scrosciare dappertutto.

Una mattina il seppellitore si era trovato davanti a una bella sorpresa. Nella parte superiore del cimitero, nell'angolo a destra, sopra il settore delle cappelle, là dove le bare venivano inumate nella sola terra, aveva notato degli strani avvallamenti. Una rapida ispezione gli aveva chiarito che quell'angolo di cimitero si stava trasformando in una palude.

Aveva immediatamente riferito al podestà: a suo giudizio c'era qualche infiltrazione sotterranea. In ogni caso, quale che fosse la ragione di quel fenomeno, riteneva indispensabile spostare altrove le bare che riposavano lì sotto. Il podestà aveva chiesto il parere dell'arciprete: non tanto circa la necessità di fare ciò che aveva suggerito il seppellitore. Ma, in fin dei conti, quella era terra benedetta, non voleva combinare pasticci. Don Carlo s'era detto pienamente d'accordo con lui.

E quando aveva sentito che, tra i corpi che andavano esumati, c'era anche quello di Sebastiano Varrazzi, in lui era nata quell'idea.

Un'idea pietosa, intrisa di affetto per la sua perpetua e per quel corpicino seppellito in tutta fretta, senza battesimo.

Forse così facendo, aveva pensato, un po' di pace sarebbe scesa sulla donna, benedicendo le piccole ossa o ciò che ne restava, anche se erano passati tanti anni, anche se ormai erano polvere, cenere o quello che doveva.

Era andato al cimitero. Per non destare sospetti di alcun genere aveva benedetto, una per una, tutte le bare che erano state esumate.

Quella di Sebastiano Varrazzi, come un paio d'altre bare di povera gente, s'era sfasciata sotto i suoi occhi. Lo scheletro dell'ottuagenario s'era scomposto, suscitando la contenuta ilarità del beccamorto e dei suoi aiutanti.

Del figlioletto di Maria, don Carlo non aveva visto la minima traccia.

Allora aveva proceduto a quell'ultima benedizione, decidendo nel contempo di vederci chiaro.

Un'altra idea, meno pietosa, aveva preso corpo dentro di lui.

Seguendola, s'era avviato alla volta di Villa Canzi.

58.

«La pietà l'è in Vatican!»

Rispondeva così la perpetua tutte le volte che un mendicante o un girovago suonava alla porta della canonica e le chiedeva per pietà di dargli qualcosa.

Non lo faceva per cattiveria, era davvero convinta che ad aver pietà di qualcuno se ne facesse solo il male. E se era in vena, quando capitava sull'argomento della pietà e dintorni, raccontava anche la parabola del giorno in cui aveva compreso quella verità.

Giorno ormai lontano, che si perdeva negli anni della sua gioventù. Quando suo padre, carpentiere, si era seduto incautamente su un chiodo arrugginito e ne aveva avuto in regalo un ascesso gluteo. Settimane di ittiolo, balsamo di Storace in tintura e slavazzamenti di vario genere non erano valsi a niente, l'ascesso era arrivato a occupare quasi mezza chiappa. Quindi si era deciso a chiamare il dottore.

All'epoca lei aveva quasi quindici anni. Nel vedere il dottore che, sul tavolo di cucina, armeggiava con i ferri con i quali avrebbe inciso l'ascesso si era spaventata: il dottore, che era barbuto, le era sembrato una specie di demonio, i suoi ferri strumenti di tortura. Allora s'era aggrappata alle gambe di quell'uomo per impedirgli di avvicinarsi al genitore e solo uno sganassone della madre l'aveva ridotta all'anestesia: con il che il dottore aveva potuto lavorare in pace e suo padre, quando lei s'era risvegliata dall'intontimento, già sorrideva per il sollievo. Prima di uscire di casa, il cerusico le aveva dato una carezza.

«Ricorda», aveva detto, «che il medico pietoso fa la ferita infetta.»

La voce, fonda, e la carezza l'avevano fulminata.

Adesso, a distanza di tanti anni, sapeva – ma non l'avrebbe detto mai – che s'era innamorata di quel dottore. Dopo di lui nessuno, più. Per questo era finita a fare la perpetua, senza però dimenticarlo (al punto che, di tanto in tanto, in veste anonima, faceva dire una messa alla memoria, poiché ormai non poteva essere che morto): né lui né la lezione sulla pietà che genera infezione.

Quindi che il signor arciprete aprisse bene le orecchie, disse la Scudiscia.

«E anche gli occhi», aggiunse.

E la guardasse in faccia! Perché così non si poteva andare avanti!

Anche quel giorno non aveva voluto niente per colazione, solo un caffè annacquato. E adesso aveva appena finito di dirle che non aveva neanche un filo di appetito e che per pranzo si sarebbe accontentato di un brodino.

«Ma siamo matti?»

Con il caldo che faceva bisognava tenersi su. Ormai era da domenica sera che le restituiva piatti che non aveva quasi toccato. Ci andavano a nozze i gatti che giravano intorno alla canonica e i passeri che abitavano sulla magnolia e rompevano i santissimi dalla mattina alla sera.

Se la sua cucina non andava più bene, che glielo dicesse!

Oppure, se voleva, il dottore sarebbe andata lei a chiamarglielo!

«La vostra cucina non ha niente che non vada», rispose don Carlo approfittando dell'apnea della Scudiscia.

E in quanto al dottore, l'arciprete disse che ormai la sua vita era nelle mani del Signore e Lui, non altri, avrebbe deciso cosa sarebbe stato meglio farne.

«Mi inchino alle due volontà», rispose la perpetua.

A quella del Signore e a quella dell'arciprete. E girò i tacchi, tornandosene in cucina.

Dove, però, insomma...

Se el Signur lo voleva su, poteva prenderselo in un attimo, tirandolo come un cavedano a riva anziché lasciarlo lì a morire di fame.

O no?

Se non l'aveva fatto, voleva dire che non era ancora il suo momento!

Spadellando e tritando a mezza voce i suoi pensieri e un mazzetto di prezzemolo: «Nessuna pietà», mormorò la Scudiscia.

Dopodiché suonarono alla porta.

«Porca l'oca!»

Mai un attimo di pace! Solo pensieri, solo guai. Pure un prezzemolo stantio che non emanava alcun profumo!

Dalla finestra della cucina buttò un occhio al cancello della canonica.

Carabinieri, ancora?

59.

Carabinieri, appunto.

L'aveva detto senza tono di minaccia ma con fermezza. Se non avesse aperto a lui, avrebbe dovuto aprire agli uomini in divisa.

Solo allora Mercede Canzi gli aveva aperto la porta della villa e l'aveva fatto accomodare in una cucina afflitta da un disordine desolante. Don Carlo aveva intuito che quella era ormai l'unica stanza dove la donna passava le sue lugubri giornate.

La Canzi, quando il sacerdote l'aveva guardata in viso, aveva reagito con un sorriso. Ma era stato un sorriso senza allegria, una smorfia, un ghigno che aveva portato in superficie le ossa che stavano sotto la sua pelle vecchia, grigia, privata del sole e della luce. Un sorriso malsano, quello del teschio che di lì a poco la donna sarebbe stata.

Don Carlo aveva avuto la tentazione di andarsene, lasciar perdere. Nell'aria della cucina avvertiva un pensiero malvagio, un mondo di abbandono, una vita passata senza lasciare tracce.

Il pensiero del dolore che Maria aveva nascosto per tanto tempo l'aveva aiutato a reagire. Forse c'era il demonio lì, in quella stanza, nascosto dietro la Canzi. Bene, si era fatto forza, avrebbe dovuto vedersela con lui. Ed era entrato subito in argomento.

Aveva chiesto come mai nella bara di Sebastiano Varrazzi non ci fosse la minima traccia del figlio della sua vecchia domestica, nemmeno uno straccio di abitino, un residuo di ossicino, niente.

La Canzi, o il suo fantasma, aveva sgranato gli occhi alla domanda, uno sguardo d'acqua morta era calato sul sacerdote.

Cosa sono queste storie?, aveva domandato emettendo anche un risolino, una ruggine di riso, un verso di laringe che non parlava da anni o parlava solo con sé stessa, faticando a trovare i toni giusti.

«È una storia», aveva risposto il sacerdote, «che qualcuno non ha dimenticato né potrà mai dimenticare.»

«Male, male...» aveva sospirato lei dando a quell'orribile parola un sapore di agonia.

L'arciprete aveva avvertito un nuovo brivido: l'atmosfera di quella cucina sconvolta dal disordine era così lontana dal mondo reale che era abituato a conoscere, frequentare e consolare.

«Voglio sapere», aveva detto.

«Lo state chiedendo alla persona sbagliata», aveva risposto la donna.

Don Carlo aveva tentato di obiettare.

«Mio marito, forse...» aveva proseguito la Canzi. «Ma è morto!» aveva riso. «Ma forse, forse...»

Sul viso della donna era comparsa un'espressione ilare, esaltata. «Mio marito non fu presente al parto.»

Era stato con lei. In camera da letto, vestito, silenzioso.

Due colpi sulla porta l'avevano avvisato che tutto si era compiuto.

Le aveva semplicemente detto: «Vado» ed era rientrato solo a notte fonda. Aveva i vestiti bagnati. Benché lei non gli avesse chiesto niente lui l'aveva informata che il bambino era morto quasi subito, la levatrice non aveva potuto...

«C'era una levatrice?» l'aveva interrotta don Carlo...

...non aveva potuto fare niente per il bastardo. E adesso che gli aveva raccontato tutto quello che sapeva, se proprio voleva chiamare i carabinieri facesse pure.

60.

Carabinieri, sempre!

Addirittura il signor maresciallo!

Che aveva bisogno, anche lui, di parlare con il signor arciprete.

Glielo disse da dietro le sbarre del cancello.

La perpetua si pulì le mani nel scosàa e aprì.

Tempo perso spiegare che don Carlo non stava molto bene e doveva essere lasciato in pace: se quell'altro era sardo, questo era calabrese... Peggio che andar di notte.

61.

Ad andar bene, il Seccanati non avrebbe finito prima di sera.

Ad andar male, invece, ci sarebbe voluta anche parte della giornata successiva.

Insomma, il vetraio era lì da meno di un'ora ed era già uscito un paio di volte con la scusa che doveva fare un salto in bottega: la prima perché gli serviva una spazzola di ferro, la seconda per lo stucco.

Era stato via, però, come se la bottega, anziché lì a due passi, ce l'avesse a Varenna o a Dervio.

E non era finita.

Perché quando il maresciallo era uscito senza dire dove stesse andando (solo un cenno d'intesa al brigadiere, che aveva capito al volo, e il Maccadò era uscito dirigendosi subito alla volta della canonica: meglio non stuzzicare il cane che dormiva dentro il Misfatti...), il campanello della caserma era squillato e il portone s'era aperto su Giacinto Scartazzi, capomastro, che aveva bisogno del Seccanati.

«E lo cercate qui?» aveva chiesto l'appuntato.

Dove sennò, aveva risposto quello, visto che il vetraio aveva appiccicato sulla porta della bottega un cartello con la scritta «Sono in caserma. Per lavoro».

Lo Scartazzi aveva spiegato che un paio di mesi prima aveva fatto al vetraio un'ordinazione, versandogli pure un anticipo. Adesso era venuto il momento di stringere i tempi. Per farla breve, doveva stargli al pelo altrimenti quei vetri il Seccanati glieli avrebbe consegnati l'anno del mai e il giorno del più.

Chiamato a rapporto, il vetraio era sceso nell'atrio, lento come suo solito, aveva quietato le ansie del capomastro e poi era risalito.

Il Misfatti era rientrato nel suo ufficio.

Ma si sentiva inquieto, mica più tanto sicuro della scelta fatta.

Aveva cominciato a fare conti, ad andar bene, ad andar male...

62.

Ad andar male, cosa le sarebbe potuto succedere?, ragionò la perpetua.

Una scomunica?

Al massimo don Carlo le avrebbe tenuto il muso per un paio di giorni e poi tutto sarebbe tornato come prima.

Non si poteva più rimandare, nessuna pietà.

«'Spettate un momento, se non vi spiace», disse al maresciallo.

Il Maccadò, in piedi in mezzo al corridoio, assentì.

«Con comodo.»

La perpetua ritornò alla porta.

«Bigè!» gridò, le mani a imbuto.

Un grido che per qualche istante zittì i passeri sulla magnolia.

«Se ghè?» rispose il sagrestano.

Voce sola, di lui non c'era traccia. Spuntò poco dopo, da uno degli ingressi laterali della prepositurale.

«Vè chì!» ordinò la Scudiscia.

«Ma se ghèt?» chiese ancora il Bigè.

La perpetua lo lasciò avvicinare prima di rispondere. Quando fu ai piedi dei tre scalini che portavano all'ingresso della canonica: «Niente», disse.

Vecchia spilorcia!, pensò il Bigè.

«E allora?»

«Sta' qui un momento in canonica che io devo fare una commissione», gli ordinò. «Se arriva qualcuno, digli che torno subito. E se il signor maresciallo ha bisogno di qualcosa...»

«Il maresciallo?» fece il Bigè entrando pure lui nel corridoio.

Il Maccadò salutò con un cenno del capo.

Dentro il sagrestano un cane abbaiò. Stessa razza di quello che stava dentro il Misfatti. Il maresciallo, orecchio fino, lo sentì.

Infatti, quando il sagrestano si offrì di fare strada: «Grazie, la conosco», rispose.

Prego, fece tra sé e sé il Bigè. Ma la strada la conosceva anche lui.

Lasciò che il maresciallo salisse da solo fino alla camera di don Carlo.

Lo ascoltò chiedere «Permesso?» dopodiché, camminando sulla punta dei piedi, infilò la scala a sua volta e, le orecchie bene all'erta, si posizionò dietro la porta.

63.

La pescivendola Cancrena suonò di lì a poco al campanello della canonica: agoni freschi, pescati quella notte stessa.

Era magra, fumatrice, spiccia, corta di pazienza e mica tanto di chiesa.

Suonò una seconda volta, una terza. Poi mandò sulla forca prevosto e compagnia bella.

Come da comanda del giorno prima, lei aveva tentato di fare la consegna di quella mattina alle undici in punto. Se nessuno le aveva aperto, la colpa non era sua.

Riprese la strada verso la bottega.

Il pesce fresco andava a ruba e, con il caldo di quei giorni, andava anche a male in un amen.

64.

Porca l'oca, proprio adesso!

Adesso che, anziché arrabbiarsi per l'iniziativa che s'era presa, don Carlo l'aveva ringraziata per la premura e davanti al dottore aveva promesso che avrebbe ubbidito e mangiato...

Proprio adesso che aveva in mano una promessa di arciprete, dove diavolo («Perdòn!»), dove diavolo erano i pesci freschi che il giorno prima aveva ordinato alla Cancrena?, si stava chiedendo la Scudiscia.

Agoni.

Quanti?

Mezzo chilo.

Va bene.

E glieli poteva portare in canonica?

A che ora?

Alle undici.

«Disgraziata», mormorò la perpetua.

Erano ormai le undici e mezza e degli agoni non c'era nemmeno l'odore.

Salsa verde, farina per friggerli, brodo, verdure e l'erba di pèss per il carpione. C'era tutto. Mancavano solo loro, gli agoni.

Che non pensasse di farla franca quella donnaccia senza creanza, svergognata che non aveva paura di farsi vedere all'osteria a bere come se fosse un uomo.

La perpetua si chiuse i polsini del vestito e allacciò anche l'ultimo bottone del collo.

Uscì senza avvisare, sulla lingua aveva un fuoco di parole ad alzo zero.

Al massimo, fu il suo pensiero sulla soglia della canonica, anziché alle dodici in punto come al solito, prevosto e compagnia avrebbero pranzato alle dodici e trenta.

E paceamen.

65.

Oh Bigè!

Il sagrestano aprì un occhio. Steso sul suo letto, una piazza sola, stava dormicchiando. Guardò la meridiana di luce del soffitto, potevano essere quasi le due del pomeriggio.

L'aveva sognata o sentita davvero la voce della perpetua?

Se l'aveva sognata, voleva dire che non stava messo molto bene, sognarsi quella...

Se invece l'aveva sentita sul serio, voleva dire evento, miracolo! Alla porta di casa sua, da quando era sagrestano, la perpetua era andata una sola volta, quando il prevosto di prima era caduto e s'era rotto una gamba.

Il Bigè si alzò, scricchiolando in concerto con le molle arrugginite del suo letto.

Aprì la porta, appena una spanna. In quella spanna la perpetua infilò il suo naso triangolare.

Evento, rifletté il Bigè; tutto stava a capire, adesso, se si trattasse di miracolo o disgrazia.

La Scudiscia gli soffocò il pensiero, aprì la bocca e cominciò a parlare. Parole come chiodi.

Perché lei mica l'aveva lasciata cadere in terra la storia degli agoni. Una volta che s'era chiusa per bene i polsini del vestito era partita in direzione della pescivendola.

«Cancrena», le aveva detto quand'era stata a mezzo metro dal banco, «e i miei agoni?»

Quella aveva un moccio in bocca.

«Partiti», le aveva risposto in un fumo di sigaretta.

Il pesce fresco andava a ruba, aveva aggiunto. E con quel caldo, a male che era un piacere.

Poi aveva fatto la mossa di girarsi per dedicarsi a qualcosa d'altro.

«Uè!» aveva allora alzato la voce la perpetua.

Era così che teneva fede alla parola data? Era così che trattava i suoi clienti?

La Cancrena aveva spento il moccio ma non l'aveva buttato via. Fumava senza filtro, l'avanzo probabilmente finiva in una pipa.

«I miei clienti, in genere, mi aprono la porta quando faccio le consegne», aveva detto. E giù un colpo di tosse, catarro puro.

«Vorreste dire?» aveva insinuato la Scudiscia.

Voleva dire che lei alle undici precise era davanti al cancelletto della canonica. Aveva suonato. Non una, né due, ma ben tre...

«Tre!» fece la perpetua alzando sulla faccia del Bigè pollice, indice e medio, tre volte!

Però nessuno s'era degnato di darle retta.

Adesso se voleva c'erano le alborelle, aveva detto la Cancrena.

«È vero o no, Bigè?» chiese la perpetua.

66.

Certo, era vero.

Il primo squillo era stato quando il maresciallo aveva appena finito di dire a don Carlo il perché era lì, aveva fatto da sottofondo alla risposta.

«No, caro maresciallo.»

Non aveva visto alcuna donna domenica pomeriggio, come aveva già detto al brigadiere.

Il Bigè aveva sussultato.

No?

Ma come...

«Io non so...» era andato avanti il sacerdote.

Non sapeva come quel bravo giovane avesse potuto...

«Forse la suggestione.»

«Certo», aveva ammesso il Maccadò.

«O un equivoco.»

A quel punto era partito il secondo squillo.

«Momento!» aveva ringhiato dentro di sé il Bigè.

Ma che suggestione, ma che equivoco!, aveva pensato il sagrestano.

Oh maresciallo!

Che invece: «Certo, certo, può essere», aveva risposto.

Bel carabiniere! Che agitava già bandiera bianca! Provare a fare qualche altra domandina, invece?

Al Bigè erano tremate le mani. Ah, se avesse potuto parlare, dire quello che sapeva anche lui...

Don Carlo stava chiedendo al maresciallo se gli toccasse firmare una dichiarazione scritta di ciò che aveva detto.

Il Maccadò gli aveva detto di no.
Gli bastava la sua parola, aveva aggiunto.
Bella parola!, aveva pensato il Bigè guardando il soffitto. La parola di un arciprete che racconta balle!
Il terzo squillo era partito in quell'istante. Allora il sagrestano si era avviato. Era sceso piano piano, camminando sui talloni. Ma quando aveva aperto la porta, al cancelletto della canonica non c'era più nessuno, solo un vago odore di pesce nell'aria.

67.

«Io non ho sentito niente», mentì il Bigè.

La perpetua fece la faccia dell'incredulità. Pazienza uno, ma tre.

«Tre squilli», ribadì.

«Lo dice quella», fece il sagrestano.

«Perché dovrebbe mentire?»

«Perché dovrei mentire io?»

Il viso della perpetua si incarpognò.

«Magari il campanello non funziona», buttò lì il Bigè.

Niente da fare.

«Provato adesso», lo sbugiardò la Scudiscia, «prima di venire qui.»

«E allora non so che dirvi.»

«Io so che uno di voi due non me la racconta giusta», osservò la perpetua.

Come il tuo arciprete, pensò il Bigè. Che ribatté: «Quando scoprirete chi dei due, avvisatemi».

«C'è poco da scherzare», disse la perpetua.

Nessuno si poteva permettere di prenderla per quel naso triangolare.

«Prima o poi lo scoprirò», aggiunse ritraendolo dalla spanna di porta.

Subito il Bigè ne approfittò per chiudere.

«Quante storie», borbottò una volta ritornato sul letto.

Quella stava a preoccuparsi per quattro agoni, mentre

in pentola bolliva ben altro. E pazienza se prevosto e compagnia, per quel giorno, s'erano dovuti accontentare delle alborelle.

68.

Assistita da una suora e da un paio di ospiti tra le più in gamba, la superiora del Pio Ospizio San Generoso di Gravedona, suor Melissa, stava allestendo la camera ardente per Maria Domenici.

Di lì a poco, con una camionetta espressamente inviata dalla tenenza di Como, il maresciallo Carissimi sarebbe passato a prenderla. Toccava a lei effettuare il riconoscimento. Così aveva stabilito il procuratore del Re. Procedura veloce. Non era il caso di perdere altro tempo, viste le condizioni del corpo della donna e quelle meteorologiche.

La superiora non era mai stata a Como.

Aprendole la portiera per farla salire, il maresciallo Carissimi la informò che, tra andare e venire, ci avrebbero impiegato non più di un paio d'ore.

69.

Erano le due del pomeriggio.

La riva occidentale s'era pian piano velata di una sottoveste di umidità.

Il maresciallo Maccadò l'aveva guardata salire lentamente, esalata dal lago, dare corpo e colore al caldo.

Infine si alzò dalla sedia e si avviò ad aprire la porta del suo ufficio, dove era rimasto chiuso e in silenzio dal momento in cui era rientrato in caserma dopo la conversazione con l'arciprete.

Che gli aveva mentito, ne era certo. Ne aveva avuta la sicurezza alla fine del colloquio, poco prima di avviarsi per uscire, nel momento in cui don Carlo gli aveva chiesto se ci fossero novità sulla donna.

Il Maccadò aveva ritrovato il tono ufficiale, da carabiniere.

«Certo», aveva risposto. L'avevano ritrovata, aveva aggiunto.

Poi qualcosa l'aveva fermato, la lingua non aveva voluto saperne di continuare.

Sul viso di don Carlo era comparso un sorriso. Dalle sue labbra erano uscite due parole: «Meno male».

«Morta, però.»

Ed era morto pure il suo sorriso.

Non c'erano state altre parole. S'erano solo guardati. Poi lui si era avviato e il sacerdote aveva chiuso gli occhi.

Uscì dal suo ufficio e si diresse verso quello del brigadiere.

70.

«Terremo buona la dichiarazione dell'arciprete.»

Il brigadiere Mannu fece per aprire la bocca.

«E direi che è venuto il momento di aprire qualche finestra», lo anticipò il maresciallo.

«Lo stavo appunto per dire», fece il Mannu grattandosi la barba.

Fuori, sopra il paese, c'era un silenzio di uomini e cose che faceva impressione. In quell'universo calcinato, si muoveva un solo essere umano. Un punto nero a cavallo di una bicicletta.

L'appuntato Misfatti che, rientrato in caserma, filò diritto al cesso.

Nessun bisogno corporale.

Missione di controllo.

Controllare se il Seccanati avesse ripreso il lavoro. O, meglio, ripreso e finito.

71.

A mezzogiorno spaccato il vetraio, fischiettando a bassissimo volume, aveva preso la via delle scale.

Il Misfatti, vedendolo passare senza che lo degnasse di uno sguardo, aveva preteso spiegazioni.

«Dove vai?»

Il Seccanati gli aveva restituito uno sguardo carico di stupore.

Erano domande da fare? Non aveva sentito anche lui che era appena suonato mezzogiorno?

«A mangiare.»

«E il lavoro a che punto è?»

Il vetraio gli aveva risposto con un ghigno, un disegnarsi di rughe sulla fronte e uno sgranarsi del solo occhio sinistro: voleva dire che era a buon punto.

«Ce la fai a finire entro sera?»

Il Seccanati aveva chiuso entrambi gli occhi: anche prima, probabilmente.

«Ci vediamo dopo», aveva poi detto, riprendendo la via delle scale e il fischio.

«A che ora?» gli aveva gridato dietro l'appuntato.

«Dopo», aveva risposto lui.

Poi era uscito e, con una smorfia di disgusto, aveva offerto il suo passo stracco al caldo che pesava sulla piazza. Era passato dapprima dalla bottega per girare il cartello che lo dichiarava in caserma, per lavoro. Poi aveva fatto vela in direzione dell'Osteria del Crachen, dove mangiava mezzogiorno e sera. Convenzionato, prezzo fisso, posto a sedere sempre quello. Pranzo, cena e partitina a carte.

Era entrato, s'era seduto e aveva sbuffato, come se fosse stanco.

72.

Dalla fronte del cavalier Vignetta cominciò a gocciolare un po' di sudore. Non era solo per il caldo. Anzi, fino a dieci minuti prima il cavaliere del Regno s'era sentito perfettamente a suo agio, nonostante la temperatura esterna. Asciutto come un foglio di carta.

Prima, però.

Prima di ricevere una nuova telefonata da parte del Federale. Ancora lui, in persona.

Che gli aveva interrotto il sonnellino pomeridiano, e passi.

Ma aveva voluto, innanzitutto, metterlo al corrente dell'entusiasmo che aveva contagiato la Federazione tutta al pensiero di poter mandare quella donna al cospetto di Sua Eccellenza.

Vedeva già, come quadri di una rappresentazione teatrale, le varie scene dell'evento: la partenza da Como, salutata da fanfare e bandiere, il viaggio verso Roma, infine l'incontro con Lui!

In ogni caso, aveva detto il Federale, bando alle fantasie, non era per quello che l'aveva chiamato. Bisognava lavorare, piuttosto, evitare di distrarsi, precorrere i tempi, assicurarsi il primato.

Allo scopo, ed ecco il motivo della telefonata, lui stimava di aver avuto una pensata geniale.

Una lettera!

Al Vignetta era mancata la voce per chiedere conferma di ciò che aveva appena sentito.

«Mi avete capito?» aveva chiesto il Federale.

Una lettera! Scritta di pugno da quella... quella...

«Berilli», aveva suggerito il Vignetta con una voce da cardellino.

Ecco, Verilli.

«No, Be...»

Scritta di pugno da quella Verilli, era tornato ad assalire il Federale, in cui la donna elogiasse con alte parole il Fascismo e il suo Duce... no, meglio il suo Duce e il Fascismo, dichiarasse di aver sempre seguito le direttive del Partito e, quale esempio di fede cristallina e obbedienza assoluta, offrisse sé stessa e i suoi quattordici figli ai destini della Patria. Doveva concludere dicendo che non immaginava più alto onore se non quello di vederLo – «Mi raccomando le maiuscole!» –, rendere omaggio a colui che aveva fatto dell'Italia una Nazione – «Maiuscola!» – tra le nazioni eccetera eccetera.

«Ha questa Verilli una scolarità tale che le permetta di comporre una lettera siffatta?» aveva chiesto il Federale.

Il Vignetta aveva intravisto, in quella domanda, una possibilità di fuga. S'era rasserenato infatti rispondendo: «Nessuna scolarità, mi dispiace. Ignorante come una...».

Capra o scarpa, non era riuscito a dirlo.

«Nessun problema», aveva proseguito a testa bassa il Federale. Il Vignetta stesso si sarebbe sostituito alla donna e avrebbe steso il testo della missiva, dettandoglielo poi.

E nel caso che anche la grafia della Verilli fosse incerta, testo battuto a macchina.

«E firma in calce.»

Autografa e chiara il più possibile.

Sarebbe poi stata cura della Federazione inoltrare il messaggio alla segreteria di Sua Eccellenza sfruttando certe vie preferenziali.

In chiusura di telefonata il Federale aveva anche detto di aver disposto che gli venisse spedita la lettera a firma dei quindici camerati che avevano segnalato il caso della

Verilli. Parecchie firme erano poco chiare. Provvedesse lui a individuare i soggetti e gli facesse avere, con tanto di indirizzo, l'elenco completo. Le lettere di encomio erano già pronte.

73.

Non c'era. Figurarsi, l'aveva quasi presentito...

Cazzo d'un Seccanati!

Due e mezza già passate, e chissà dov'era!

In terra la borsa degli attrezzi. Ma floscia, come se dentro non ci fosse niente.

Di vetri alla finestra manco a parlarne.

Minchia e straminchia, mormorò l'appuntato Misfatti, ma quanto gli ci voleva per consumare il pranzo?

74.

Il tempo che ci voleva…

Dipendeva anche da quello che gli mettevano sotto il naso, nel piatto.

Al Seccanati andava bene tutto, purché abbondante. Ormai era un ritornello quando entrava all'Osteria del Crachen.

«Cosa vuoi oggi?» chiedeva l'oste Cocchia.

«Fai tu», rispondeva il vetraio.

Quel giorno una frittura di interiora con la cipolla, e polenta. Non era certo un piattino facile da digerire. Bisognava masticare bene ogni boccone. Un boccone e un sorso di vino.

Poi la partitina a carte.

75.

Carta da lettere sotto gli occhi, penna in mano. Era il momento ideale per decidersi a mandare notizie ai suoi. Non c'era nient'altro da fare in caserma, se non cercare di muoversi il meno possibile per evitare di sudare.

Il brigadiere Mannu aveva già scritto una parola, incompleta però.

Car...

Caro, cara?

Caro zio Pino?

Cara zia Osmide?

O zia Ninna, zio Franco, zio Nanni, zio Sisinno e avanti con quel rosario?

Insomma, non poteva scrivere la stessa lettera, intestandola diversamente, a ognuno di loro: sarebbe stato ridicolo, suonava come una presa in giro. Né, era già assodato, poteva scriverla a uno solo di loro, aggiungendo i saluti per gli altri: avrebbe scatenato un vespaio, musi e mugugni. Men che meno, però, sarebbe riuscito a scrivere a ciascuno una lettera diversa dalle altre.

Era un bel problema, il brigadiere non vedeva la soluzione.

Stava per stracciare la carta da lettere quando il Milagra bussò delicatamente alla porta del suo ufficio, una porta peraltro già aperta poiché era elemento cardine nel sistema di correnti d'aria del maresciallo Maccadò.

«Milagra», disse il Mannu.

«Se posso...» fece il carabiniere.

«A proposito», lo interruppe il Mannu.

Non gli aveva ancora detto quanto gli dispiaceva che fosse caduto nelle grinfie del Misfatti, addossandosi tutto solo la colpa di quel vetro.

Il Milagra scrollò le spalle: «Figuratevi, brigadiere».

«Purtroppo soggetti così ti toccherà sopportarne altri», gli segnalò.

Il Milagra sorrise.

«Questo si vedrà», rispose.

«Sarebbe a dire?» chiese il Mannu.

Ma il Milagra glissò sulla risposta.

«E i trasvolatori?» domandò il brigadiere.

Mica che gliene fregasse più di tanto. Ma, finché continuava a chiacchierare, poteva fare a meno di pensare alla soluzione del suo problema.

Alla domanda il carabiniere si animò.

«Volano!» rispose.

Nonostante la sua radio andasse a corrente alternata e non fosse facile beccare i notiziari. Nonostante la maggior parte delle volte gli toccasse ascoltarla a un volume talmente basso che spesso non capiva un accidente. Nonostante fossero ripartiti con un tempo così così, i trasvolatori volavano.

«Dovrebbero raggiungere Reykjavík stasera stessa, forse ci sono già», annunciò il Milagra.

Dopodiché...

«Via!» aggiunse, e con la mano fece il gesto di chi compie un balzo.

Li aspettava l'Atlantico, la meta finale.

«Bene», fece il Mannu, «buona fortuna. Ma che mi volevi dire?»

«Chiedere il permesso per uscire a imbucarle», spiegò il giovanotto mostrando al brigadiere un mazzo di cartoline.

«Cos'è?» fece questi. «Hai scritto a tutti gli abitanti di Voghera?»

Il Milagra sorrise.

«No», rispose.

Era che, spiegò, se scriveva una lettera a uno e non all'altro, capace che andava a offendere qualcuno. Con il sistema delle cartoline invece aveva risolto il problema.

«Me la sbrigo in poco tempo e faccio contenti tutti.»

Il viso del brigadiere si illuminò.

«Bravo Milagra», disse.

Permesso accordato e problema risolto.

76.

Alle quattro del pomeriggio la bara col corpo di Maria Domenici entrò al Pio Ospizio San Generoso di Gravedona. Alcune delle ospiti, sedute in preghiera, la stavano aspettando. Una di loro depose sul cofano un mazzetto di fiori raccolti nel giardino della villa. Lo accompagnava un biglietto, la grafia era tremolante, si leggeva a fatica, recitava «*Addio Quale Stagione*».

La superiora ringraziò il maresciallo Carissimi per tutto ciò che aveva fatto. Gli chiese se gradisse bere un caffè. Il maresciallo rifiutò gentilmente. Raccomandò alla superiora di non dimenticare il consiglio del medico legale: celebrare quanto prima il funerale, tenendo conto delle condizioni del corpo della donna e della temperatura dell'aria.

La superiora lo rassicurò. Aveva di già preso accordi con don Ercole Salvati, il sacerdote salesiano che seguiva spiritualmente l'ospizio.

«Domattina alle dieci», disse la superiora.

«Bene», approvò il maresciallo.

Poteva archiviare la pratica, adesso.

Poteva?

77.

Poteva dirgli due paroline?, chiese l'appuntato Misfatti al Seccanati quando, poco dopo le quattro, questi, circonfuso da un pesante odore di cipolla, rientrò per riprendere il lavoro.

Parlasse, se gli piaceva perdere tempo in chiacchiere: questo era il significato del mezzo cenno di assenso che il vetraio usò per tutta risposta.

Ecco, fece l'appuntato, voleva solo dire che gli sembrava ci stesse mettendo un po' troppo tempo per un semplice vetro.

Il Seccanati mise su un'espressione scettica: chi era il vetraio tra loro due, lui o l'appuntato?

«Vorrebbe dire?» chiese il Misfatti.

Che ognuno doveva fare il suo mestiere, sentenziò il Seccanati.

«Appunto», approvò l'appuntato.

Proprio di mestiere si trattava. Perché gli pareva che lui non lo stesse facendo mica tanto. Era in ballo dalla mattina per montare il vetro di una finestrella! Per mettere i vetri a un caseggiato, con quel ritmo, quanto ci sarebbe voluto? La vita eterna?

«Prima di tutto i vetri di un caseggiato si montano in bottega», rispose il Seccanati.

E, aggiunse, la finestra veniva messa in sede quando si era ben sicuri che il vetro fosse bello fisso!

In ogni caso, tanto per continuare a perdere tempo in chiacchiere, la mattina l'aveva passata a pulire per bene il legno della finestra, staccando lo stucco vecchio e riparando due fessure della cornice.

«Altrimenti il vetro balla.»

«Va bene, ma...»

«Quindi», proseguì imperterrito il Seccanati.

Nel pomeriggio avrebbe montato il vetro. Se aveva aspettato un po' prima di riprendere era solo per via di quel caldo criminale che non avrebbe permesso allo stucco di asciugare bene e di fare presa sul legno e sul vetro. Adesso che il cesso della caserma andava finalmente in ombra, poteva fare il suo lavoro. Che non si preoccupasse l'appuntato, entro le sei, sette al massimo, la finestra del cesso avrebbe riavuto il suo bel vetro.

«Ma io alle cinque devo andarmene», obiettò il Misfatti.

Il vetraio fece la faccia dell'indifferente. Che gliene poteva importare, a lui?

Era per il biglietto, il conto, la spesa, chiarì il Misfatti.

«Lo darò a chi c'è», disse il Seccanati.

«Consegnalo al brigadiere», comunicò l'appuntato.

D'accordo, che problema c'era?, brigadiere o appuntato, la spesa sarebbe stata sempre quella.

«E in ogni caso», disse ancora il Seccanati prima di riprendere la scalata all'ultima rampa di scale, «consiglierei, per sicurezza, di non toccare la finestra fino a domani sera.»

Consiglio spassionato. Perché, per lui, più vetri si rompevano meglio era.

78.

Collasso cardiocircolatorio. Così aveva scritto il medico legale sul certificato di morte di Maria Domenici. Niente di criminale. La morte aveva scelto l'ora. E a quell'ora la donna si trovava nel cesso di un battello. L'aveva colta lì, tanto per ingarbugliare un po' la faccenda. Non c'era più nessun mistero, ormai.

Tranne uno, e solo per lui.

Il maresciallo Carissimi non riusciva a toglierselo dalla testa.

Cos'era andata a fare a Bellano, partendo da Gravedona col battello delle quattordici e venti, come testimoniava il biglietto che le avevano trovato in tasca?

Come aveva passato il tempo tra le quindici e trenta, ora in cui presumibilmente era sbarcata a Bellano, e le diciassette e quaranta, ora in cui s'era imbarcata sul *Nibbio,* a pochi minuti dalla morte?

Un mistero, appunto. Uno come tanti, del suo lavoro e della vita. Non era il primo, non sarebbe stato l'ultimo.

Caso chiuso, faccenda archiviata.

Non gli restava che ringraziare i colleghi che gli avevano offerto disponibilità e collaborazione.

Colico, il maresciallo Cilietti.

Menaggio, il maresciallo Deventura e il comandante della Guardia Confinaria di Nobiallo.

Bellagio, il maresciallo Schianti.

E poi il suo vecchio amico di Bellano, il maresciallo maggiore Ernesto Maccadò. Che avrebbe chiamato per ultimo.

79.

Il maresciallo Maccadò stava per uscire di casa. Ci aveva fatto una scappatina, seppure in orario di servizio, per dare un'occhiata al secondogenito che, dalla mattina, aveva la caghetta. Subito dopo pranzo aveva raccomandato alla moglie di chiamare il dottore. La donna gli aveva detto sì, pur non avendone la minima intenzione: i dottori andavano scomodati per le cose serie. Per quelle faccende lì, bastava la sua scienza. La scienza e una bella spremuta di limoni. Tanto che, alle quattro, quando il Maccadò era tornato per prendere visione dell'infermo, l'infermo stesso stava giocando e non aveva nemmeno più memoria di aver passato la maggior parte della mattina seduto sulla tazza.

«Bravo dottore», aveva commentato il maresciallo.

«Ma certo», s'era associata la moglie.

«Torno in caserma», aveva detto lui, e s'era avviato.

Stava appunto per uscire di casa, aveva aperto la porta quando si trovò faccia a faccia con il cavalier Vignetta, il cui dito indice stava puntando il campanello.

Il maresciallo lo guardò preoccupato. Sembrava dimagrito, e tanto: impossibile, nel giro di poche ore.

«Cosa succede?» chiese.

Il Vignetta cominciò a scusarsi per averlo importunato a casa. D'altronde, spiegò, era passato dalla caserma e il brigadiere gli aveva detto che avrebbe potuto trovarlo lì.

«Dovrei urgentemente parlarvi di una cosa», disse.

«Sempre per via della Berilli?» chiese il maresciallo.

Il Vignetta chinò il capo sino a toccare, con il mento, il manubrio dello sterno.

Gesto di assenso. Che però al Maccadò fece venire in mente anche quello dei penitenti in attesa del prevosto che avrebbe sparso loro in capo la cenere.

80.

A zia Ninna, un bacio.

Pure a zia Osmide un bacio. Meglio, un bacione: lei era grande e grossa, zia Ninna invece uno stecco.

A zio Pino un abbraccio. No, un caro abbraccio. Zio Pino gli aveva insegnato gran parte dei trucchi della caccia, l'aveva fatto sparare con il suo fucile, gli aveva fatto assaggiare, una mattina d'inverno, il suo primo sorso di filu 'e ferru. Meritava più di un caro abbraccio.

Un abbraccio a zio Nanni, che stava sempre sulle sue, gli piaceva farsi desiderare e poi aveva sposato una siciliana che non smetteva mai di contare le meraviglie della sua isola a confronto di quella dov'era finita ad abitare.

A zio Franco un caro saluto, era lo scapolone di famiglia, un tiratardi che non aveva mai sonno.

A zio Sisinno un arrivederci a presto.

A zio Piero un saluto dal lago, visto che una volta, per lavoro, un lago l'aveva visto... Era il Garda, ma faceva lo stesso.

A zio Efisio un pensiero, per non disturbare il silenzio della casa in cui viveva, sussurrando anziché parlare.

A zia Santa un affettuoso ricordo, per i rosari che l'aveva obbligato a recitare quand'era piccolo.

A zia Marta, zia Sesia, zia Lavinia che vivevano, tutte e tre zitelle, sotto lo stesso tetto, un pensiero costante.

Il brigadiere Mannu fece il conto: dodici. Gli servivano dodici cartoline, dopodiché la sua coscienza di nipote lontano si sarebbe acquietata.

Dodici cartoline, una diversa dall'altra, come diverse sarebbero state le formule di saluto.

Nessuno avrebbe avuto invidia dell'altro.

81.

Più nessun rumore era venuto dalle parti del cesso. Ed era passata almeno mezz'ora.

Che il Seccanati avesse finito e se ne fosse andato senza dire niente a nessuno?

Impossibile, pensò l'appuntato Misfatti, l'avrebbe visto scendere per le scale, aveva tenuto apposta la porta dell'ufficio aperta.

Che si fosse addormentato?

Molto più probabile.

Mancavano pochi minuti alle cinque. L'appuntato decise di andare a controllare. Lo fece salendo i gradini il più silenziosamente possibile. Se il vetraio s'era addormentato, ci avrebbe pensato lui a suonargli la sveglia. A metà scala era bello incazzato, come se la sua ipotesi si fosse già rivelata vera. Quando giunse davanti al cesso, sbirciò dentro prima di entrare in azione.

Il Seccanati stava spalmando lo stucco.

Usava il pollice, con una lentezza esasperante, accompagnando il lavoro con un sussurro di fischio, modulando l'aria che gli usciva dai polmoni su un motivo irriconoscibile.

«Lavoro delicato», disse il vetraio senza girarsi. «Da fare con grazia, leggerezza, come se...»

«Sì, sì, va bene, ho capito», tagliò corto l'appuntato, punto sul vivo.

«...si avesse per le mani una bella donna», finì di dire il vetraio.

«Manca molto?» chiese.

«In genere sono le donne che mi dicono quando ne hanno abbastanza», rispose il Seccanati.

Il Misfatti assunse un'espressione scettica.

«Posso immaginare! Come ho detto...»

«Mi ricordo. Alle cinque ve ne andate. Consegnerò il conto al brigadiere», disse il vetraio.

Sempre senza girarsi e riprendendo subito dopo a fischiettare il misterioso motivo.

82.

L'aveva lasciato per ultimo perché era l'unico cui poteva confessare i suoi dubbi, disse il maresciallo Carissimi.

Uno solo, anzi. Un solo dubbio, un'inquietudine che non lo lasciava in pace. Riguardava quelle due ore circa, dal momento in cui la donna era salita sul battello a Gravedona a quello in cui era risalita sul *Nibbio*.

Dov'era stata, cosa aveva fatto. Possibile che nessuno l'avesse vista? C'era quel legame con l'arciprete. Un motivo per essere andata a Bellano doveva pur averlo avuto, per quanto anziana, ammalata e smemorata che fosse.

Il Carissimi parlò a mitraglia, come se volesse sfogarsi.

Il Maccadò lo ascoltò senza intervenire. Infine si disse d'accordo con lui.

«Mi dispiace», aggiunse. «Io ho fatto il possibile, ho mandato in giro un mio carabiniere per tutta la giornata, a mostrare la foto a destra e a sinistra. Nessuno l'ha vista, nemmeno notata. C'era troppa gente in giro, turisti... Come lì da te, immagino.»

«Certo», ammise il collega.

Ci fu silenzio per qualche istante, nessuno dei due si decideva a salutare e riattaccare.

«E col caldo come va?» chiese il Carissimi, tanto per tenere viva la conversazione.

«Siamo a bagnomaria», rispose il Maccadò.

«Noi siamo già in ombra», ribatté l'altro.

Il Maccadò lanciò uno sguardo verso la sponda opposta, già immersa nella sera. Una visione allettante.

«Noi ne abbiamo ancora per un'oretta almeno invece», disse.

«Trasferisciti qua», scherzò il Carissimi.

«Redigo subito la domanda», scherzò lui.

Si salutarono infine senza dimenticare gli omaggi alle signore.

Il Maccadò depose la cornetta e rimase con lo sguardo fisso alla scrivania. Il collega aveva ragione.

C'erano due ore vuote nell'ultimo pomeriggio della Domenici.

C'erano i biglietti della Navigazione Lariana che non mentivano.

C'era quel giovanotto che diceva di averla vista.

C'era l'arciprete che probabilmente gli aveva mentito.

Ma era possibile?

E se sì, perché?

Chiamò il brigadiere, disse che aveva necessità di uscire. Cosa personale, privata, specificò.

«Maresciallo...» si stupì il Mannu.

Cos'era quel tono come se si stesse scusando? Era lui il comandante.

«Cercherò di non metterci troppo tempo», si giustificò il Maccadò.

Erano quasi le sette, il Seccanati aveva finalmente completato il suo capolavoro.

83.

«L'appuntato mi ha detto di darlo a voi», disse il vetraio.

Il conto. Una colonna di cifre, sei o sette voci, scritte a matita su un tocchetto di carta unta e bisunta.

Il brigadiere lo pinzò tra due dita.

«E mi raccomando», disse il Seccanati avviandosi.

«Di cosa, scusate?» chiese il brigadiere.

Ma era fine giornata, il vetraio aveva ormai esaurito la quotidiana dotazione di parole.

«Sa tutto l'appuntato», rispose.

«Va bene», disse il brigadiere.

Che poi andò a deporre il lurido bigliettino sulla scrivania del maresciallo: toccava a lui firmare l'ordine di prelievo dalle più che affamate casse della caserma.

Rientrò nel suo ufficio. L'unico rumore erano i passi strascicati del Seccanati, che impiegò una vita a raggiungere il portone. Il Mannu attese con impazienza che quello aprisse e poi chiudesse. Un'impazienza come se, una volta rimasto solo, potesse dedicarsi finalmente a chissà cosa.

Quando il portone si chiuse, al campanile suonarono le otto.

Le otto?

Il Mannu controllò sull'orologio della caserma, erano le sette spaccate.

Com'era possibile che al campanile fossero suonate le otto?

84.

Di tanto in tanto il Bigè lo faceva.

Soprattutto quando era nervoso, pensieroso, insonne o cose del genere. Dopo si sentiva appagato, svuotato.

Quando era nervoso, pensieroso, insonne o cose del genere, senza dire niente a nessuno, si sostituiva al meccanismo elettrico che da circa un anno regolava le ore del campanile, dirlindana esclusa. Aveva fatto così anche quella sera. Sorbita la solita minestra sciacquata, anziché buttarsi a letto con le galline come suo solito, in attesa che arrivasse appunto l'ora della dirlindana, era sceso nella torre campanaria, aveva scollegato il meccanismo elettrico e s'era attaccato alla corda, sempre con quel pensiero che, dalla mattina, gli ballava in testa.

Lui la sapeva la verità.

Ma non poteva dirla!

Se avesse parlato, avrebbe fatto una figuraccia. I carabinieri avrebbero voluto sapere come dove e quando. L'avrebbero messo a confronto. E, era pronto a scommetterci, per il vezzo di voler dire la verità, avrebbe perduto il posto di lavoro. Quale prevosto avrebbe mantenuto in servizio un sagrestano che spiava le confessioni?

La lettera anonima. Sì, ci aveva pensato. Ma innanzitutto non aveva una gran confidenza con la scrittura. E poi quel maresciallo non gli sembrava tipo che desse retta a cose del genere. Anzi, a dirla giusta, gli sembrava proprio il tipo contrario: cioè quello che, davanti a una lettera anonima, si sarebbe messo sulle tracce di chi l'aveva scritta, fino a che non l'avesse tirato fuori dalla tana. Quindi, niente da fare. Lui la verità la sapeva ma era meglio se la teneva per sé. E poi... poi, sarebbe anche stato meglio se avesse smesso quel vizio di infilarsi nel confessionale e ascoltare: una volta o l'altra avrebbero potuto beccarlo e gli avrebbero dato il benservito. Dopodiché, a cinquant'anni suonati, cosa avrebbe fatto?

Un dubbio aveva tirato l'altro, un pensiero si era accavallato all'altro, il Bigè aveva avvertito una certa pena per sé e rabbia, tanta rabbia, nei confronti di tutti coloro che ritenevano quella del sagrestano una vita di tutto comodo.

Così non s'era manco accorto di aver dato un tiro di troppo alla corda.

E le otto erano calate sul paese un'ora prima del dovuto.

85.

Il carabiniere Milagra rientrò in caserma con la preoccupazione di avere un'ora secca di ritardo. Lo confessò immediatamente al brigadiere.

Il Mannu lo tranquillizzò.

«Niente paura», disse.

La mamma del sole doveva aver colpito anche l'occipite del campanile.

Il Milagra sorrise: prima o poi glielo avrebbe chiesto al brigadiere, cosa diavolo fosse 'sta mamma del sole.

«Quelle cose là?» chiese il Mannu.

Il Milagra si frugò in tasca.

«Dodici», disse, «come mi avete chiesto.»

Dodici cartoline, visioni panoramiche del paese e del lago.

Ma non tutte uguali, Milagra!!!

86.

Fu quel tocco in più che fece aprire gli occhi a don Carlo. Non avesse contato i rintocchi delle campane, non si sarebbe accorto dell'errore del Bigè e avrebbe continuato a stare seduto sulla vecchia sedia a dondolo accanto alla magnolia. Aspettando che la perpetua lo chiamasse per la cena. A occhi chiusi, pensando alla sua cara Maria, che adesso sapeva. Chiedendosi se potesse perdonarlo, se potesse capire perché aveva agito così. Se non avesse contato, aprendo poi gli occhi per la sorpresa di quell'ora in più assegnata arbitrariamente dal sagrestano alla corsa del tempo, don Carlo non avrebbe visto il maresciallo Maccadò.

Fermo, davanti alla cancellata della canonica. Indeciso sul da farsi, come di rado gli capitava. Anzi, deciso ormai a non interrompere il riposo o sonno che fosse dell'anziano sacerdote. Pronto ad archiviare tutta la faccenda, come aveva dovuto fare il suo collega di Gravedona, dubbi compresi.

Ma l'arciprete aprì gli occhi e lo vide. Non disse niente.

«C'è...» esordì con impaccio il Maccadò. «C'è stato un errore.»

Pure lui aveva contato i rintocchi della campana.

«Come se ci avessero tolto un'ora di tempo, di vita», aggiunse sorridendo.

«Nessuno può arrivare a tanto, caro maresciallo», disse don Carlo.

«Chissà come può essere successo», sorrise il Maccadò.

«Una spiegazione ci sarà», rispose l'arciprete.

«Dite?»

Don Carlo chiuse gli occhi.

«Sì», disse il sacerdote, «ma non è detto che sia alla nostra portata. A volte ci tocca assumere ciò che accade senza pretendere di capire. Fare un atto di fede, insomma. In fondo siamo solo esseri umani. Credere, scegliere. Credere che possiamo risparmiare un nuovo dolore per esempio, scegliere di farlo. Accettare la pena di questa scelta. E attendere che un'altra giustizia ci giudichi benevolmente.»

Il maresciallo tacque. Don Carlo riaprì gli occhi.

«Ci giudicherà benevolmente?» chiese il Maccadò.

«Forse», rispose l'arciprete.

La perpetua si affacciò in quell'istante.

Ma cosa c'era, la frega dei carabinieri quel giorno?

«El diventà màt anca el campanin?» chiese.

Il Maccadò non capiva molto bene il dialetto.

«Cosa dice?»

«Chiede se per caso non sia ammattito anche il campanile», tradusse don Carlo.

«Anche?» fece il maresciallo.

Chi altri?

«So io, so io», tagliò corto la perpetua.

La maionese per esempio, che aveva tentato di fare, senza successo, per accompagnare quei benedetti agoni sui quali era finalmente riuscita a mettere le mani.

87.

La notte gli aveva chiarito le idee. Le cartoline andavano bene così, pensò il brigadiere Mannu giovedì mattina.

Erano le sei, si stava avvicinando allo specchio per dare inizio al quotidiano duello con la barba.

«Vanno bene così», confermò ad alta voce.

Dodici cartoline tutte uguali, nessuno avrebbe potuto pensare che lui avesse scelto la più bella per quello e la più brutta per quell'altra, esprimendo così preferenze e simpatie.

Una volta finito con la barba, pensò, doveva subito scusarsi col Milagra. La sera precedente l'aveva strapazzato mica male.

«Dodici cartoline tutte uguali!» aveva detto. «I miei penseranno che non ho voluto metterci un minimo di impegno, liquidarli in fretta...»

Il Milagra s'era mortificato, gli aveva pure chiesto scusa.

Invece...

Anche le frasi di saluto...

Si fermò, rasoio in mano a mezz'aria.

Anche quelle. Perché scriverne una diversa dall'altra, pensarne una per uno zio e un'altra per la zia?

Non era forse meglio studiarne una, bella e significativa, che andasse bene per tutti?

Frasi e cartoline uguali per tutti.

O no?

Era una questione che andava ponderata con calma.
Prima di tutto, la barba.
E, zac!, giù il primo colpo di rasoio.

88.

«Maresciallo, scusate», disse il brigadiere.

Erano le sette e trenta, il Maccadò era in ufficio da quasi mezz'ora.

«Dimmi.»

Il Mannu si soffermò un istante a guardare il viso del superiore. Due belle occhiaie, notò. Pure il maresciallo, pensò, aveva dormito poco, e male. Con quel caldo, quell'umidità che non mollavano. Caldo, umidità e sogni.

Brutti sogni.

Il Maccadò non aveva fatto altro che sognare l'arciprete steso in una bara, ma ancora vivo. Parole gli uscivano dalla bocca chiusa. Incomprensibili. Tutte, tranne una: «Verità...». A un certo punto della notte la signora marescialla l'aveva scrollato, svegliandolo, per chiedergli cosa avesse da mormorare di continuo quella parola. Lui aveva fatto finta di niente e aveva rassicurato la moglie, che era ripiombata all'istante nel sonno, mentre lui aveva passato il resto della notte a leggere i riflessi della luna sul soffitto della camera da letto. Di tornare a chiudere gli occhi neanche a parlarne, anche per la paura di rivedere in sogno l'arciprete.

«Cercavo il Milagra, ma non lo trovo da nessuna parte», disse il brigadiere.

«Mi ha chiesto una mezza giornata di permesso», spiegò il Maccadò.

Affari personali, aveva detto. Era uscito da un quarto

d'ora al massimo e sarebbe stato di ritorno nel primo pomeriggio.

«Qualche problema?» chiese il maresciallo.

«No, no, assolutamente», assicurò il Mannu.

Affari privati anche i suoi, cosa che non poteva interessare il comandante.

«Piuttosto», fece questi, «già che sei qui...»

Cosa diavolo era quella cartaccia unta e bisunta con su scritta quella colonna di cifre che s'era trovato sulla scrivania?

«Il conto del vetraio.»

«Il conto del vetraio?» sbottò il maresciallo. «Ma dico, abbiamo sostituito i vetri di tutta la caserma? Otto ore di mano d'opera! E questo sarebbe quello più a buon mercato?»

Il Mannu incassò la testa nelle spalle.

«Così aveva detto l'appuntato.»

89.

Che, si sapeva, aveva un intestino così e cosà.

Doveva bere il caffè.

Lo fece, anche quella mattina, a casa.

Poi doveva fare un po' di movimento.

Fece pure quello, andando a piedi, poiché aveva la bicicletta fuori uso, da casa alla caserma.

Così che quando arrivò non ne poteva più.

Entrò. Salì le scale, tre gradini alla volta. Si chiuse nel cesso.

Ne uscì finalmente appagato, pronto a cominciare la giornata che non poteva prescindere dal saluto al comandante.

90.

«Giusto voi», disse il Maccadò.

E senza aggiungere altro gli mise sotto gli occhi il lurido conto.

«Minchia!» scappò detto all'appuntato dopo averlo guardato. Si scusò subito per l'uscita.

«No, no, dite pure», disse il maresciallo. «Mi associo anch'io.»

Il campanello del portone suonò.

«Brigadiere!» gridò il maresciallo.

«Sì, maresciallo. Vado io», rispose il Mannu.

«Mica possiamo pagarlo un conto così», riprese il Maccadò. «Per un semplice vetro! Dico, appuntato, non avevate detto che questo era il vetraio più a buon mercato?»

Il Misfatti era senza parole. Il brigadiere si fece sulla porta.

«Che c'è?» chiese il maresciallo.

Al Mannu scappò quasi da ridere.

A suonare era stato il droghiere Perini, che aveva il negozio di fronte al lato della caserma che dava su via Cavour. Voleva avvisare che da una finestra della caserma appunto era appena caduto un vetro.

Non poteva essere che il vetro della finestrella del cesso, concluse seriosamente il brigadiere.

«Ancora!» sbottò il maresciallo.

Otto ore di mano d'opera ed erano di nuovo senza vetro! Ma chi credeva di prendere per il culo quel vetraio?

«Lo voglio qui!»

«Maresciallo...» cercò di interloquire il Misfatti.

«Qui», ribadì il Maccadò. «Oggi pomeriggio, alle due!»

Se solo avesse potuto se lo sarebbe fatto portare lì immediatamente. Ma aveva del lavoro arretrato da smaltire. E alle dieci, soprattutto, un appuntamento col cavalier Vignetta.

91.

Alle dieci in punto, presso la cappelletta del Pio Ospizio San Generoso di Gravedona, don Ercole Salvati cominciò il servizio funebre.

Per prudenza, stante il caldo, le ospiti erano state invitate a non seguire il corteo.

Dopo l'ufficio rimasero tutte nella piccola cappella dell'ospizio, recitando preghiere alla memoria della defunta.

A seguire la bara furono la superiora e due suore. Alcune donne del paese si aggregarono.

Al cancello dell'istituto c'era, ad attendere il piccolo corteo, il maresciallo Elvio Carissimi, in divisa.

92.

Puntualissimo, alle dieci, il cavalier Mirto Vignetta suonò al campanello della caserma. Aveva una faccia lunga come la fame. Occhiaie, anche. In quello stava a pari col maresciallo Maccadò.

«Pronta?» chiese questi quando il Vignetta gli si parò davanti.

Intendeva la famosa lettera, quella che, firmata da Velia Berilli e grondante entusiasmo e spirito fascista, avrebbe dovuto finire sotto gli occhi di Sua Eccellenza.

«Pronta», raschiò la gola del Vignetta.

Mancava solo la firma della donna.

La fronte del cavaliere era imperlata da un sudore che questi non si curava di asciugare. Le gocce che prendevano la via del naso sembravano diventare lacrime a un certo punto, notò il maresciallo Maccadò. Che non ci stavano male su quel viso da venerdì santo.

«Ma su», disse per scuotere l'imbalsamato cavaliere. «Vedrete che andrà tutto bene.»

Sentiva di avere ragione, il Maccadò, e gliene aveva spiegato i motivi il giorno prima, quando se l'era trovato faccia a faccia e l'aveva fatto accomodare in casa.

93.

Nel salottino.

Il Vignetta s'era seduto su una sedia ma appena in punta e c'era rimasto meno di un minuto.

Poi s'era alzato e aveva cominciato a camminare su e giù, sudando e mormorando. Sembrava l'avesse morso la tarantola. Aveva rifiutato in successione bicchiere d'acqua, caffè e liquorino («Fatto con le mie mani!») offerti dalla signora Maristella.

«Ma insomma, è successo qualcosa?» aveva infine chiesto il Maccadò.

Che non era in licenza, avrebbe voluto aggiungere, e quindi non poteva trattenersi più di tanto. Ma aveva rinunciato a dirlo.

Il Vignetta allora s'era avvicinato alla porta del salottino e l'aveva chiusa. Poi aveva guardato il maresciallo ed emesso un sospiro.

«Io...»

«Voi?»

Il cavaliere aveva aperto la bocca, sembrava addentare l'aria. Stava cercando parole invece, che non volevano salire fino alla lingua.

Aveva scosso la testa.

«Quella lettera...» aveva infine detto. «La vuole a tutti i costi.»

Quindi gli aveva raccontato dell'ultima telefonata del Federale. Al che il Maccadò:

«Dategliela!» aveva esclamato.

«Dite?» aveva chiesto il cavaliere.

«Ma certo», aveva spiegato il maresciallo. Che ci pensasse bene, riflettesse sul fatto che lui stava solo obbedendo a degli ordini, non poteva esimersi. Quando infine il Federale avesse visto che razza di donna si preparava a mandare davanti a Sua Eccellenza, gli sarebbe preso un colpo. E lui, con la forza della sua coscienza pulita, avrebbe potuto dirgli: «Io l'avevo detto!». Non era nemmeno responsabile di quella prima lettera, quella che aveva scatenato la faccenda. Piuttosto, a rendere conto della fesseria sarebbero stati quei quindici...

«A proposito», s'era interrotto il Maccadò. «Se ne sa qualcosa?»

«Niente», aveva risposto il Vignetta. In sezione tutti negavano e la famosa lettera con firme in calce non era ancora arrivata.

«Va bene, arriverà e capiremo», aveva ribattuto il maresciallo, riprendendo poi il discorso.

...a rendere conto della fesseria sarebbero stati quei quindici che avevano avuto la bella pensata. Si sarebbero create, a suo modo di vedere, le condizioni ideali per rassegnare le dimissioni e abbandonare la carica di segretario con l'onore delle armi.

Quindi, anziché cercare di ostacolare il Federale, gli sembrava necessario favorirlo in tutto e per tutto. Era un po' come, aveva esemplificato il maresciallo, stare davanti a uno che annega e, anziché allungargli un braccio per tirarlo fuori, mettergli un piede in testa spingendolo giù del tutto.

Voleva una lettera della Berilli quindi?

«Fornitegliela», aveva raccomandato il maresciallo.

E scusate, aveva aggiunto, ma per lui s'era fatta l'ora di andare.

Il Vignetta invece non aveva dato segno di volersi schiodare.

«C'è dell'altro?» aveva chiesto il Maccadò.

«No», aveva risposto il cavaliere.

Ma con un tono che al maresciallo aveva dato la certezza che dell'altro ci fosse, eccome. Ed era stato certo anche di intuire cosa. Tanto che, per togliere dagli impicci l'amico e poter tornare al lavoro, l'aveva sparata.

«Vi accompagno io!»

Il Vignetta l'aveva guardato, sbalordito.

«Come?»

«Verrò con voi», aveva ribadito il Maccadò.

Il viso del cavaliere s'era incarpognato.

«Ma no, maresciallo...»

Non poteva accettare, non poteva permettere...

«Su, su», aveva troncato il Maccadò, «non mi pesa per niente.»

Gli amici servivano a quello, o no? Nel momento del bisogno!

Il Vignetta aveva annaspato alla ricerca di parole che non trovava.

Bì, bò, bà...

«Non potete andare a casa di quella da solo», aveva sentenziato il Maccadò.

Mettesse che qualcuno lo vedesse... si immaginava le chiacchiere?

«Veramente...»

Oppure che quella non volesse firmare. L'autorità di un carabiniere le avrebbe fatto cambiare idea.

Il Vignetta aveva esalato un sospiro.

«Su con la vita», l'aveva esortato il maresciallo dando poi all'amico le necessarie disposizioni.

«Domattina verso le dieci passate dalla caserma e vedrete che in quattro e quattr'otto sistemeremo questa faccenda.»

94.

Perfetta nel suo perfetto stile fascista.

La lettera era stata concepita e scritta come se la Velia Berilli avesse frequentato scuole di Partito sin dal momento in cui era nata e non avesse passato la vita tra il letto dove aveva concepito i suoi figli e il tavolo della cucina dove li aveva partoriti o abortiti.

«Manca solo la firma», disse il maresciallo al termine della lettura.

«E già», sospirò il Vignetta.

«Se vogliamo andare», disse il maresciallo.

«Avrei pensato di usare la macchina», comunicò il cavaliere.

Meno male, pensò il maresciallo. Perché la Berilli abitava fuori mano, in una casa che stava ancora all'interno dei confini del comune di Bellano, ma per pochissimi metri.

95.

Casa...

Sì, in fin dei conti era una casa, perché la Velia, suo marito e i quattordici figli la abitavano.

Ma non solo.

Pollaio, anche. Perché le numerose galline, delle cui uova la famiglia Berilli faceva commercio, avevano gli stessi diritti degli altri bipedi che la occupavano: ma avevano regole meno rigide circa i doveri del vivere in comune, e lordavano ovunque si trovassero.

Stalla, pure, a uso di una coppia di capre di incerta età, che erano il principale svago dei più piccoli della truppa, quelli ancora in attesa che lo scheletro li rendesse abili a un lavoro purchessia.

Ricovero per gli attrezzi di lavoro del marito della Velia, stradino alle dipendenze del comune di Varenna.

E legnaia, fienile, magazzino per ogni sorta di ciarpame che lo stradino, nella sua vita errabonda, scovava nelle pattumiere altrui e, meditandone un possibile utilizzo, si portava a casa, facendo spesso la gioia di moglie e figliolanza. Officina e infine rifugio sicuro per ghiri e topi di campagna, che da tempo immemore avevano preso possesso del solaio e ci vivevano pressoché indisturbati.

Davanti alla stamberga, in uno spiazzo, una sorta di piccola aia con al centro un pero selvatico, erano disordinatamente addossati uno all'altro mobili slavati dalla pioggia e dal sole: una credenza, una peltrèra, un paio di poltrone su cui soggiornavano stabilmente dei gatti rognosi, qualche cadavere di bicicletta e piatti rotti, pentole e pentolini, manici di scopa e di piccone, vanghe arrugginite, rastrelli sdentati come la Velia, rotoli di fil di ferro color del rame, cassette, un crocefisso orbo del Cristo e un elmetto della prima guerra mondiale. Come tutta quella roba fosse finita lì, nessuno, nemmeno i padroni di casa, avrebbe saputo dirlo. Era lì e basta. A loro non dava il minimo fastidio.

Il cavalier Vignetta aveva la macchina da tre anni ma non l'aveva guidata più di una decina di volte.

Era quello – la scarsa pratica – il motivo per cui stava salendo verso la casa della Berilli con una lentezza esasperante, la seconda marcia ingranata come se fosse l'unica e il motore che emetteva grida disumane come se fosse lì lì per scoppiare?

Oppure, avendo di fianco lui, maresciallo dei carabinieri, voleva dimostrare di essere un autista molto prudente, un soggetto rispettoso di limiti e divieti anche lì dove, di limiti e divieti, non ce n'erano?

O forse temeva che quel sinuoso salire, di tornante in tornante, curva a destra curva a sinistra, potesse in qualche modo disturbare lo stomaco del passeggero? Forse per questo, ogni tre per due, il cavaliere gli lanciava uno sguardo di sottecchi, per cogliere l'improvviso pallore che prelude alla nausea?

A metà strada il Maccadò era certo di una cosa: se il Vignetta non avesse ingranato la terza marcia, il motore avrebbe preso fuoco.

«Non sarebbe meglio...» buttò lì infatti il maresciallo.

«Sì?» scattò la risposta del Vignetta, metallica come una molla, come se quelle parole l'avessero risvegliato da un sonno profondo.

«...mettere la terza?» concluse sconsolato il Maccadò.

Non ne valeva la pena.

«Ormai siamo arrivati», comunicò il Vignetta.

Ma davanti a sé il maresciallo non vedeva che prati

bruciati, boschi depressi e una stradaccia in salita che faceva polvere solo a guardarla.

«Se non vi spiace», disse il Vignetta, «quest'ultimo tratto lo faremo a piedi.»

Il cavaliere non se la sentiva di affrontarlo volante in mano.

Il Maccadò non rispose. Però gli dispiaceva. D'altra parte era in ballo, cosa poteva fare?

Scesero e attaccarono la salita. Duecento metri, non di più. Ma sufficienti per arrivare davanti all'aia di casa Berilli sfiatati, sudati e impolverati.

La Berilli era sulla porta di casa, impegnata a tirare il collo a una gallina che dimostrava di non avere nessuna voglia di finire in pentola.

Li vide, impalati davanti all'aia, che cercavano di riprendere fiato. Sul momento non riconobbe né l'uno né l'altro. Anche la vista, oltre ai denti e alle tette, aveva pagato dazio al passare del tempo. Senza mollare la gallina, saldamente tenuta per le zampe con la mano sinistra, si avvicinò ai due.

Allora li riconobbe.

Cioè, uno lo riconobbe per quello che era, aveva la divisa da carabiniere.

Ma l'altro...

«Cosa fai qui?» gridò rivolta al Vignetta. «Ti sono di già tornate quelle voglie?»

Lo sguardo del maresciallo passò dal rottame di donna con gallina in mano al cavaliere. Avrebbe voluto guardarlo negli occhi, leggere nel suo sguardo l'incredibile verità che stava cominciando a intuire.

Ma quello aveva già chinato il capo, mea culpa, mea culpa.

96.

Il Seccanati era sempre lì, che si sventolava con un pezzo di cartone e aspettava clienti. Sollevò appena le palpebre, nello sguardo c'era già la domanda «Cosa c'è?», quindi evitò di parlare.

«Devi venire in caserma, oggi, alle due», disse l'appuntato Misfatti.

Il cartone si fermò.

«Perché?» chiese il vetraio. Poi riprese a sventolarsi.

«Il maresciallo ti deve parlare.»

«Perché?» chiese ancora il Seccanati.

Il Misfatti fece la faccia di quello che non sa niente.

«Te lo lo dirà lui in persona», rispose.

Lui, invece, una cosa gliela poteva dire subito. Più che una cosa, un consiglio. Lasciasse dire al maresciallo quello che doveva, senza interromperlo né contraddirlo. Era un caratterino, anche se a vederlo non sembrava. E alla fine gli facesse uno sconto.

«Sconto?» ripeté il Seccanati.

«Proprio», aveva confermato il Misfatti.

Un bello sconto. Il maresciallo era sensibile a quelle cose, non dimenticava i favori che gli venivano fatti. E, si sapeva, avere buoni rapporti con i carabinieri, avere un comandante di stazione per amico erano cose che non facevano mai male. D'altronde nella vita, era noto, ogni tanto era necessario mandare giù qualche rospo a tutto beneficio della convenienza, del futuro.

«Ci siamo capiti?» concluse il Misfatti.
«Sono scemo?» ribatté il Seccanati.
E riprese a sventolarsi con il cartone.

97.

Paralisi nervosa. Non altrimenti, secondo il maresciallo Maccadò, si poteva spiegare ciò che era successo al Vignetta subito dopo la battuta della Berilli. Da un paio di minuti infatti il cavaliere del Regno, sempre a capo chino, non faceva che sussurrare «Mea culpa mea culpa...».

Tuttavia, passati un altro paio di minuti, il Maccadò ragionò che non poteva stare lì tutto il giorno a fare la bella statuina. La Berilli nel frattempo, ridendo e mormorando: «O bella, o bella», s'era allontanata e aveva finito di tirare il collo alla gallina.

«Andiamo, su!» lo spronò il maresciallo.

Niente da fare. Il Vignetta sembrava pietrificato. Aveva anche smesso con il mea culpa. Paralisi nervosa e di muscoli, lingua e gambe.

E adesso?, mormorò il Maccadò.

Lo sfiorò la tentazione di piantare lì l'amico. La ricacciò, pensando alla strada che avrebbe dovuto fare a piedi per rientrare in caserma. Decise di mettere in pratica l'idea che aveva fatto capolino dietro la tentazione di mollarlo lì: portare a termine da solo la missione. Frugò quindi nelle tasche della giacca del cavaliere e recuperò la famosa lettera. La Berilli, sulla porta di casa, aveva cominciato a spennare l'animale. Stava seduta su uno sgabellino, a gambe larghe. Il maresciallo non poté esimersi dal notare che era senza mutande.

«Possiamo parlare un momento in casa?» chiese, deglutendo l'inquietante visione.

Lo sguardo della Berilli si accese. Era, quella, una delle tante formule che usavano i suoi vecchi clienti. Il Maccadò colse quel fuoco di gioventù.

«Ho detto parlare», puntualizzò.

La donna, deposta a terra la gallina seminuda, si alzò e lo precedette.

Una volta dentro, un po' per il brusco passaggio dalla luce violenta alla penombra della cucina, un po' per lo svolazzare di galline e il fuggi fuggi di gatti, al Maccadò venne una mezza vertigine. A parte, naturalmente, l'odore spesso, un ratatui indefinibile, di tutto un po'.

«Accomodatevi», disse la donna.

Manco morto, pensò il maresciallo.

«Gradite un bicchiere di vino?» offrì la Berilli.

Lo facevano loro, schiacciavano le uve con i loro piedi, era roba sana, genuina.

Lo stomaco del Maccadò si contrasse.

«Sono astemio», mentì.

«Se sono qui...» cominciò a dire subito dopo.

Fuori il Vignetta stava cominciando a rialzare il capo. Un paio di gatti, con circospezione, stavano prendendo visione della gallina abbandonata.

Conciso, il maresciallo spiegò alla Berilli il motivo della sua presenza in...

Non gli riuscì di chiamare casa quel luogo immondo.

«...della mia presenza qui.»

Per farla breve, quindi, onde accedere all'alto onore di essere ricevuta eccetera eccetera, quale rappresentante eccetera eccetera, serviva la sua riverita firma in calce alla lettera che adesso sarebbe andato a leggerle.

Uno dei due gatti stava annusando l'uropigio della gallina, l'altro guardava. A un certo punto entrambi scattarono, allontanandosi di qualche metro. Pure il Vignetta ebbe un tremito. Anche alle sue orecchie era giunto quel grido.

«Io?» gridò la Berilli.

«Proprio», confermò il maresciallo.

La donna fece due passi verso di lui, mettendo ben in vista lo sfasciume del suo viso.

«Da quel cornuto?» aggiunse.

«Come dite?» chiese il maresciallo.

«Io», ribadì la Berilli, «da quel pezzo di...»

«Signora!» la riprese il Maccadò.

Si rendeva conto che quello che stava compiendo era un reato vero e proprio? Insultare il capo del governo! Roba che se ci fossero stati testimoni lui non avrebbe potuto fare a meno di arrestarla...

«Capo o non capo del governo», interloquì la Berilli, «io da quello non ci vado, sia chiaro!»

«E come si fa?» buttò lì il maresciallo.

«Ditegli che sono morta», suggerì la donna.

«Ma non si può...»

«Ah no?»

«No», confermò il Maccadò.

Per dichiarare uno stato di morte bisognava esibire un certificato che confermasse il decesso. E non si poteva fare un tale certificato, compiacente fin che si voleva, a un vivo.

La Berilli soppesò l'informazione.

«Allora ditegli che sono gravemente ammalata, che sto per morire. Questo si può?» chiese.

Il Maccadò si portò una mano al mento.

«Può essere un'idea», disse.

Ma non toccava certo a un maresciallo dei carabinieri procurare un dottore compiacente e poi convincerlo a stendere un certificato falso. Nossignore!

A quel punto si vide costretto dagli eventi a lavarsi le mani della faccenda e passare la patata a chi di competenza, cioè al cavaliere.

«Cazzi suoi», mormorò, venendo meno all'abituale compostezza del suo eloquio.

E, alla Berilli: «Attendete».

Andava a riferire.

98.

Manco un'intera scatola di Tonocalcina avrebbe rianimato così all'istante il cavalier Vignetta.

«È un'idea geniale!» sbottò, di colpo ritornato in vita.

E grazie maresciallo!

Il Maccadò sorrise.

«L'idea è della signora», chiarì.

Però per realizzarla adesso ci voleva un dottore compiacente che…

«Ce l'ho», interloquì il Vignetta.

Costante Sperandio. Uno degli assistenti del professor Sinovia all'Ospedale Umberto I. L'ultimo arrivato. Trent'anni, da due sposato. Solo, però, da circa quattro mesi. Abbandonato da sua moglie Ofele, una rossa di capelli e di carattere, che era ritornata dalla mamma dichiarandosi stufa di abitare la casaccia di contrada che lo stipendio del marito consentiva.

Tre stanze, bagno, cucina, camera da letto, in fila l'una all'altra. Tre stanze, tre finestre, grazie alle quali i dirimpettai potevano controllare con tutto comodo cosa mangiassero, quante volte si lavassero non solo mani e faccia e perfino quante volte facessero su e giù.

L'Ofele se n'era andata senza far scandalo.

«Chiamami quando hai trovato una casa che si possa chiamare tale», aveva detto al marito.

Il povero dottore, oppresso, aveva raccontato a professore, colleghi e suore che la consorte s'era momentaneamente trasferita dalla madre per assisterla, essendo costei gravemente ammalata. In ragione di ciò, aveva detto, per qualche tempo non l'avrebbero vista al suo fianco presenziare alla messa domenicale, obbligatoria per tutti i dipendenti. La suocera godeva invece di un'ottima salute e allo Sperandio venivano i brividi quando, al termine della funzione, le pietose suore facevano recitare un pateraveglоria per la pronta guarigione della donna.

Fino a quando, s'era peraltro chiesto il povero dottore, poteva durare la manfrina?

In cerca di consiglio, s'era rivolto in gran segreto al prevosto titolare e questi l'aveva indirizzato dal Vignetta.

I due s'erano incontrati non più di una settimana prima. All'udire la cifra che quello poteva spendere, il cavaliere aveva preso tempo: era bassa, infatti, anche per una casaccia di contrada.

Ma, alle parole del Maccadò, d'un colpo il Vignetta rivalutò la lira. Aveva il posto giusto per i due sposini: appartamento di cinque stanze, vistalago, pianoterra, giardinetto sul retro in cui la rossa del dottore avrebbe potuto ricevere le amiche o prendere il sole.

«Dille che è fatta», comunicò il Vignetta.

Il maresciallo si avviò.

Poi si fermò, giunto a metà dell'aia.

Qualcosa gli suonava strano.

Guardò il Vignetta.

Ecco...

«Dille che è fatta.»

Il cavaliere aveva usato il tu.

Ma quando mai?

99.

Urgente e personale.

Ancora una lettera della Federazione provinciale.

La signora Vignetta ringraziò il postino, prese la busta e la mise in bella vista sul trumeau. Poi ritornò in cucina e riprese a sliscare alcuni pesci persici, farne filetti per un risottino. Ma resistette poco. «Curiosità sei femmina!» sorrise tra sé. Tornò al trumeau. Prese la lettera. La mise controluce.

Cosa sperava di vedere?

Niente, si rispose come se qualcuno la stesse spiando.

Ma non era vero.

Piuttosto si augurava di trovare qualche indizio che le permettesse di capire cosa c'era in ballo.

Tra lettere urgenti e personali e telefonate chilometriche, da una settimana a quella parte sembrava che suo marito abitasse altrove.

Lei aveva cercato di sapere, fatto domande.

Risposte?

Una. E sempre quella.

«Son cose di Partito.»

Cose che lei, la signora Vignetta non...

100.

«Non puoi capire, non capiresti mai», disse il cavalier Vignetta.

Cose segrete.

«Che devono restare tra noi due», aggiunse.

E ancora: «Mi dai la tua parola?».

Di nuovo con il tu.

In tutta onestà al Maccadò dava un po' fastidio. Era come se quello che aveva sotto gli occhi non fosse il solito Vignetta.

Tra l'altro era ancora paralizzato. Non più di lingua, visto che da quando gli aveva riferito che la Berilli si metteva nelle sue mani per il certificato, s'era sbloccato.

Di muscoli. Era sempre fermo lì, piantato nella polvere dell'aia, sotto quel sole micidiale. E non sudava, mentre lui si sentiva slozzo.

«Eh? Prometti?»

«Va bene, sì, prometto», proruppe il maresciallo. «Però mi meraviglio...»

«Vent'anni!» interloquì il cavaliere mettendogli una mano sul braccio.

«Vent'anni?» fece il Maccadò.

Già, proprio vent'anni. Vent'anni prima la Velia Berilli non era così come la si vedeva adesso.

Vent'anni prima la Velia spaccava le noci con i denti.

«E non solo con quelli!» esultò il cavaliere.

«Va bene», si inserì il Maccadò. «Ma intanto perché non ci avviamo?»

«Sì», concordò il Vignetta. Ma inaugurò un passo da processione.

Poteva spaccarle anche con le tette, le noci, tanto erano stagne.

«D'accordo, ma lasciamo perdere...» il maresciallo cercò di fermarlo.

E no!

«Nemmeno tu avresti lasciato perdere se l'avessi conosciuta allora!»

Il Maccadò evitò di contestare.

«E le chiappe?» buttò lì, retorico, il Vignetta.

Le chiappe, Ernesto!

Ernesto?, fece tra sé il Maccadò.

Ernesto – cioè lui, il maresciallo maggiore Maccadò – si fermò per guardare bene in viso il cavaliere. Gli venne da pensare alla fola che il brigadiere Mannu gli aveva raccontato, quella della mamma del sole: in effetti il Vignetta era rimasto a cuocersi sotto i suoi raggi per una bella mezz'ora, e senza copricapo.

«Più innamorato di così non avrei potuto essere», sospirò il cavaliere guardandolo diritto negli occhi.

Aveva un'espressione mistica, neanche una goccia di sudore, l'occhio bambino.

«Della Berilli?» chiese il maresciallo.

«Ma certo! Di chi, se no? Bella che era! Anche tu te ne saresti innamorato!»

«E dai!» mormorò il Maccadò.

«Ma ero già sposato», riprese il cavaliere, la voce un mezzo pianto.

«Ecco.»

«Da un anno.»

«Ah!»

«E lei era così...»

«Bella?» suggerì il Maccadò.

«Non solo, anche libera.»

«Di costumi?»

«Proprio.»
E fin troppo. Da mettere a rischio la libertà personale.
«Meretricio», concluse il Maccadò.
Esattamente.
«Così il marito gliel'ho trovato io!» disse il Vignetta.
«Tu?» scappò detto al maresciallo.
Il cavaliere tornò a chinare il capo.
«Era bella, Ernesto, talmente bella che...»
«Sì, sì, ho capito. Tanto bella che anch'io...» proseguì il maresciallo. «Ma non si potrebbe continuare a parlarne mentre camminiamo? Io dovrei anche rientrare in caserma.»
Il Vignetta fece due passi, due di numero, poi si fermò.
«Mi capisci Ernesto?» chiese languido.
Ernesto lo capiva. Peccato di gioventù, chi non ne aveva? Ma ormai erano passati vent'anni...
«E no», lo interruppe il cavaliere.
«Come, no?»
Cioè, vent'anni erano passati, non lo si poteva negare. Così come alla Velia erano caduti i denti e pure le tette, che adesso non riuscivano a spaccare nemmeno le prugne sotto spirito.
«Ma il culo!» si illuminò il Vignetta.
«Cosa c'entra...»
«Uguale, immutato!»
Per chissà quale miracolo della natura, non sapeva dirlo. Ma era una festa ogni volta che...
«Anche adesso?» chiese il maresciallo.
«Forse qualcuno mi ha scoperto», mormorò il Vignetta. «Qualcuno che mi vuole male e mi vuole mettere in ridicolo.»
La macchina, per fortuna, era ormai in vista. Il maresciallo Maccadò la raggiunse per primo e si accomodò. Il cavalier Vignetta giunse poco dopo. Prima di salire, con il fazzoletto, si spazzolò le scarpe. Ritornarono verso il paese nel silenzio più assoluto.

Solo davanti alla caserma il Vignetta aprì bocca.

«Vi saluto, maresciallo. Mi siete stato preziosissimo, non lo dimenticherò.»

Il Maccadò lo fissò un istante, come per cercare su quel viso una differenza rispetto a quello che aveva visto tante volte. Non ne trovò. Quello era il cavalier Vignetta che aveva sempre conosciuto.

Conosciuto?, si chiese.

Chiuse la portiera senza salutare.

101.

Il marchingegno elettrico per il funzionamento coordinato di orologi e suonerie delle torri campanarie lo fabbricava una ditta di Lipsia. Concessionaria esclusiva per Piemonte, Lombardia e Veneto era la ditta Landolf, con sede in Lecco. La parrocchia di Bellano era stata la prima, su tutto il lago di Como, a dotarsi del modernissimo orologio. Glielo avevano venduto con una sorta di garanzia verbale di tre anni. Invece, dopo un annetto scarso, aveva già perso un colpo.

«Erano le sette precise della sera e invece sono suonate le otto», s'era lamentato quella stessa mattina il signor prevosto con il titolare della ditta Dittalo Permuina, telefonando dagli uffici della segreteria comunale, visto che la parrocchia era sprovvista di apparecchio.

Stando così le cose, aveva lasciato cadere, se altri prevosti della zona gli avessero chiesto informazioni sull'aggeggio, cosa avrebbe potuto dire loro?

Il Permuina non aveva avuto dubbi, su quei marchingegni aveva fatto investimenti e non voleva sorprese. Aveva subito inviato un suo tecnico di fiducia che s'era presentato poco prima delle dieci, algido come un chirurgo. Aveva lavorato in religioso silenzio per un'ora buona.

«È tutto a posto», annunciò dopo aver ravanato tra rotelle e molle.

«Eppure è successo», ribadì il signor prevosto che aveva voluto assistere all'ispezione.

«Vero Bigè?» chiese subito dopo al sagrestano, che era stato convocato come testimone essenziale del fatto.

«Vero», confermò il sagrestano, e in quello stesso istante pensò che stava dicendo una bugia: d'altronde in quei giorni le bugie fioccavano, e dunque una più una meno...

«Ba'», sbottò il tecnico, «non so cosa dire. Potrebbe anche essere colpa della grande umidità di questo periodo. 'Sti meccanismi vengono fabbricati in paesi freddi, dove un caldo del genere non sanno nemmeno cosa sia. Inoltre sono delicati, basta magari una piccola infiltrazione... Io, per me, non lo toccherei, lo lascerei in sede, starei a vedere come va. Se mai, ci rivediamo.»

«Speriamo di no», disse il signor prevosto.

«Naturalmente», si associò il tecnico.

102.

L'aveva vista giusta il brigadiere Mannu, dalla finestra del suo ufficio. Era in arrivo un bel temporale. Ma non sul fronte delle Orobie. Magari fosse stato quello, avrebbe spazzato via caldo e umidità!

Sulla fronte del maresciallo, piuttosto. Che era rientrato in caserma con pericolosi incroci di rughe su tutto il viso, s'era chiuso nell'ufficio, c'era rimasto fino a mezzogiorno e mezzo spaccato, era uscito mormorando un «Buon appetito» che era suonato come un vaffanculo al mondo e poi s'era avviato a piedi verso casa, con entrambe le mani infilate nelle tasche dei pantaloni, come uno sfaticato qualunque e contrariamente alla dignità dell'Arma.

Pure il Misfatti aveva notato nuvole nere sul viso del Maccadò, ma a lui quella vista aveva fatto caldo, due gradi in più nell'aria della caserma. Tanto che, uscendo pure lui per recarsi a casa a pranzare, gli sembrò che l'aria si fosse rinfrescata. Guardò in su, verso le Orobie, dove iniziava il lago. Tracce di temporale non ce n'erano, nessuna nuvola che promettesse pioggia. Un cielo limpido a garanzia di un altro pomeriggio torrido.

Se ci si potesse far moneta con tutto 'sto bel tempo..., pensò il Misfatti avviandosi con passo da licenza.

103.

I primi ad acquistarne un poco, di bel tempo, sarebbero stati i trasvolatori.

Che comunque, nonostante le condizioni meteo non perfette, il giorno prima erano ripartiti, comunicò il carabiniere Milagra.

Non appena rientrato dal viaggio a Lecco, il brigadiere Mannu l'aveva agganciato scendendo sul suo terreno preferito.

«Volano?»

Il Milagra aveva notizie fresche, apprese proprio in quel di Lecco. Erano ripartiti il giorno prima e dopo aver fatto un giro sopra Londonderry avevano puntato i musi dei velivoli verso l'oceano, verso nord-ovest, verso l'Islanda. Un paio d'ore e, patapam!, la nebbia. Formazione allargata, radiotelegrafisti impegnati allo spasimo per mantenere i collegamenti. E, figuratevi brigadiere!, erano andati avanti un po' sopra i banchi di nebbia e un po' sotto, a pelo d'acqua.

Sei ore per vedere le nere scogliere d'Islanda e Reykjavík. Atterraggio difficoltosissimo, per via del vento. Ma infine ce l'avevano fatta!

«Bene», disse il Mannu.

Ma non era finita. Una volta atterrati una barca era andata incontro a Balbo. Sopra uno strano soggetto con tanto di feluca: il consigliere di legazione Tommasi, in alta uniforme!

«Vi immaginate la scena, brigadiere?»

Il Mannu lo guardò.
Toh!, si disse. Non aveva mai notato quanto fossero azzurri gli occhi del giovanotto. Azzurro cielo. E limpidi, festosi, adesso che gli aveva raccontato l'avventura dei suoi eroi.
«Volevo dirti...» e cominciò le scuse per quelle cartoline.
«Avevi ragione tu», concluse, «meglio tutte uguali.»
E va' avanti così, aggiunse, fa' sempre di testa tua. E farai carriera nei carabinieri.
Il Milagra, per tutta risposta, arrossì.
Potenza del complimento?

104.

Quel giorno, al Crachen, pastasciutta, agnello in guazzetto e una fetta di miascia.

«E la partita?» chiesero all'unisono i soci di scopa del Seccanati.

«Fatela col morto», rispose il vetraio.

Mancavano dieci minuti alle due.

«Saresti te?» chiese uno.

«Guardati allo specchio così ti rispondi», suggerì il Seccanati.

Uscì.

Ora insolita per lui. Vedeva il sole del primo pomeriggio per la prima volta in quell'estate. Strinse gli occhi e sentì le gocce di sudore che gli si stavano formando sulla fronte.

«Va' che roba», mormorò asciugandosele.

Gli aprì il Milagra.

«Il maresciallo», disse il Seccanati.

«L'ha convocato?» chiese il carabiniere.

«Se sono qui...»

«Se è per una denuncia...» disse il Milagra.

«Convocato», tagliò corto il vetraio.

Stava cominciando a sudare anche sulla schiena. Mai vista una roba simile!

105.

«Se non volete dare retta a me, date almeno retta a quello che vi ha detto il dottore», stava dicendo la perpetua a don Carlo.

«Riposo», e alzò il pollice destro.

Non aveva forse riposato quasi tutta la mattina?, obiettò l'arciprete.

La perpetua levò l'indice.

«Dieta leggera!»

Il sacerdote tentò di ribattere.

«Che non vuole dire digiuno», andò avanti imperterrita la Scudiscia.

Perché anche quel giorno il signor arciprete aveva piluccato.

«L'ho fatto per amore dei gatti», scherzò don Carlo.

Sì, ciao!, fu il pensiero della donna. Se credeva che il risotto avanzato sarebbe stato servito a loro, si sbagliava di grosso. Per quel giorno, se avevano fame, i signori gatti potevano mangiarsi i passeri. Lei, per cena, l'avrebbe ripassato al forno. Una bella grattatina di formaggio e il gioco era fatto. In ogni caso, quelle erano cose di cui non si doveva preoccupare l'arciprete.

Partì, a molla, anche l'anulare.

Riposo, dieta leggera...

«Ed evitare le ore più calde della giornata!»

Invece lui, a quell'ora, le due, con in cielo un sole che cuoceva i pesci nel lago, voleva uscire.

Uscire?

«Per andare in chiesa», chiarì don Carlo.

E non ci poteva andare più tardi, verso sera?

«Mica scappa, la chiesa!» osservò la perpetua.

Perché proprio alle due?

«Perché ci si sta bene. C'è un bel fresco, lì dentro», spiegò il sacerdote.

Ma soprattutto non c'era nessuno. E in completa solitudine avrebbe potuto pregare davanti al tabernacolo per l'anima di Maria Domenici.

«Fate un po' come volete», tagliò corto la perpetua, voltando le spalle al prete e allontanandosi lungo il corridoio della canonica.

Però per lei l'era roba de màt, andar fuori adesso, con quel sole, col caldo che faceva, a rischio di farsi venire uno sturbo: ma niente da fare, el scior arciprete aveva la testa dùra cumé… propri, eco, dùra cumé un sass… sass… ass… ss…

106.

«Se è per lo sconto ci mettiamo subito d'accordo», esordì il vetraio.

«Lo sconto?» fece il Maccadò.

Sì, un bello sconto, secondo il consiglio che gli aveva dato il Misfatti.

«Possiamo fare...»

«Ma cosa volete fare, cosa state dicendo», lo interruppe il maresciallo.

L'appuntato gli aveva anche detto di tacere, non contraddire, mandare giù il rospo.

Bon, il Seccanati si ritirò sul suo terreno prediletto, quello del silenzio. Parlasse solo il maresciallo. Che: «Innanzitutto», proseguì.

Innanzitutto quel conto era un vero e proprio furto. E lui in qualità di carabiniere sapeva perfettamente come si trattavano i ladri.

Secondariamente: «Avete anche dimostrato di essere un incapace».

Incapace lui, che tagliava e montava vetri da quando aveva dieci anni? Il Seccanati tentò di replicare.

Niente da fare, però. Il Maccadò stava caricando a testa bassa.

«Il vostro vetro è durato meno di dodici ore.»

«Vale a dire?» chiese il vetraio.

«Che siamo di nuovo senza perché poche ore fa è caduto di sotto.»

Le gote del Seccanati si imporporarono.

«Impossibile», contestò.

«Quindi, secondo voi, io vi starei raccontando delle fandonie?» insinuò il maresciallo.

La replica del vetraio si limitò a un tentativo.

«Seguitemi», ordinò il Maccadò levandosi dalla sedia e partendo sparato.

Sulla soglia del cesso: «Prego», e accompagnò l'invito con un gesto teatrale della mano.

L'occhio clinico del vetraio valutò immediatamente la situazione.

«Ma la finestra è aperta!» esclamò.

«C'è qualcosa di strano nel fatto che una finestra di tanto in tanto sia aperta?» chiese il maresciallo.

Tetragono all'ironia: «Io però l'avevo detto all'appuntato», disse il vetraio.

«Detto?» chiese il Maccadò. «Cosa?»

La spiegazione del Seccanati durò un paio di minuti. Il maresciallo, dopo averlo ascoltato, si prese una trentina di secondi per giungere a una decisione.

«Dimezzate quel conto, rimettete a posto subito il vetro e amici come prima», propose.

Il vetraio sospirò.

«Però, stavolta, fate almeno come dico e tenete chiusa la finestra per una giornata.»

«Di questo non preoccupatevi», lo rassicurò il maresciallo.

107.

Carmela Marciacotta in Misfatti, dopo aver sparecchiato e lavato i piatti, non appena suo marito usciva, si buttava sul divano. Estate o inverno che fosse, sfangava sempre così gran parte dei pomeriggi. Due ore almeno, di sonno pieno e senza sogni. Una vera goduria. Che però, quel pomeriggio, sembrava che qualcuno le volesse negare. Cioè, non qualcuno, ma l'appuntato suo marito in persona.

Alle due spaccate, quando di solito infilava giacca e cappello, era ancora lì, seduto al tavolo della cucina. Tamburellava le dita.

«Non vai?» chiese lei.

«Adesso vado», rispose lui. Ma non si mosse di un centimetro.

Due e cinque, due e dieci, due e un quarto. La Carmela non ce la faceva più. Sbadigliò.

«È che oggi avevo proprio in programma di riordinare la cucina da cima a fondo», disse. Una bugia.

L'uomo guardò l'ora.

«In fin dei conti sono solo le due e venti», osservò.

Appunto, pensò la donna: a quell'ora era fuori dalle balle da almeno venti minuti. E lei già dormiva. Tanto per far qualcosa, cominciò a preparare l'ambiente: chiuse le persiane del salottino, dov'era il divano. Non le sfuggì che fuori c'era un cri-cri di cicale che metteva sonno. Sbadigliò ancora. Ormai erano le due e venticinque. Finalmente, dalla cucina, un rumore di sedia. Poi un sospiro.

L'appuntato Misfatti decise di partire. Non poteva rimandare oltre. Mezz'ora, aveva calcolato. Facendo conto sulla puntualità del Seccanati e sul carattere sbrigativo del maresciallo.

Quindi mezz'ora gli era sembrato un tempo sufficiente affinché i due si affrontassero e facessero fuori la questione.

Dopodiché, se il vetraio gli aveva dato retta, era stato zitto e buono e aveva fatto un bello sconto...

«Vado», disse rivolto alla penombra del salotto.

Dalla penombra venne un «Buon lavoro» flebile come un sussurro. Carmela Marciacotta si allungò sul suo divano e, tempo un minuto, piombò nel sonno svegliandosi due ore dopo.

108.

Un paio d'orette, e il vetro era bello e sistemato.

«Mi raccomando, la finestra chiusa fino a domani!» ribadì il Seccanati dalle scale.

Una voce nel deserto. Nessuno gli rispose. Era l'ora canaglia in cui strade, muri e lago sembravano soffiare fuori tutta l'aria calda che erano stati costretti a respirare nel corso della giornata e che dal cielo una mano invisibile, di certo appartenente all'invisibile corpo della mamma del sole, cercava invece di respingere, tenendola schiacciata verso il basso. A sudare non ci voleva niente, bastava il pensiero. E di pensieri appunto stava vivendo la caserma in quel momento.

Il maresciallo Maccadò stava pensando all'avventura mattutina, al voi, al tu. Alla Berilli, anche. E al Vignetta, naturalmente. L'uomo integro, pacato e moderato. E lo vedeva mettere le mani, o altro, su e tra le chiappe della donna.

Il brigadiere Mannu stava cercando invece di resistere al solito pensiero che, avvicinandosi la sera, chissà come mai, riprendeva forza.

Il Milagra sognava a occhi aperti. Così, l'unico a sentire l'avvertimento del vetraio fu proprio colui che non ne aveva bisogno.

L'appuntato Misfatti incassò la testa tra le spalle.

«D'accordo», disse.

Ma a bassa voce.

109.

Le sette.
Le diciannove secondo il lessico dei militari.
In ogni caso, sette.
Precise.
Al campanile e all'orologio.
Il brigadiere Mannu controllò che non ci fossero errori, come la sera prima.
Le sette, senza fallo.
O diciannove.
E il maresciallo era ancora lì.
«Andrò», disse il Maccadò.
Parlando, però, come se fosse solo.
Alle sette e due minuti, era sempre lì.
Come se non avesse voglia di tornare a casa.
Non erano affari suoi, rifletté il Mannu.
Ma gli faceva strano.
«Stranu meda.»

110.

Faceva strano pure al maresciallo. Che non sopportava le bugie ma sapeva che sarebbe stato costretto, di lì a poco, a mentire. Perché aveva una specie di silenzio dentro, nessuna voglia di parlare e sua moglie Maristella se ne sarebbe accorta.

Subito, gli sarebbe bastato guardarlo in faccia.

Di conseguenza gli avrebbe chiesto: «Cos'è successo, Nè?».

Nè per Ernesto.

Perché da sempre, sin dalla prima sera, dopo sposati, lui era stato Nè. E sin dalla prima sera, dopo sposati, a cena loro due parlavano.

Lui le raccontava i fatti della caserma. Senza far nomi. I guai, gli inghippi, le cazzate. Lei quelli della casa, la gente nuova del paese, quel negoziante che una mattina le aveva chiesto se giù avevano le strade e lei aveva risposto che, giù, non avevano ancora inventato la ruota. Poi i figli, i sogni e le speranze.

Quindi: «Cos'è successo, Nè?».

E lui avrebbe dovuto rispondere: «Niente».

Una bugia.

Ma poteva raccontarle che il signor arciprete l'aveva condito con una balla circa il caso dell'anziana scomparsa e lui, benché fosse certo della menzogna, aveva fatto finta di niente?

Oppure che l'irreprensibile, impeccabile, stimatissimo

cavalier Vignetta era un inveterato frequentatore del fondoschiena di Velia Berilli?

Si sentiva circondato da soggetti che avevano approfittato della sua dabbenaggine, roba da strapparsi i gradi di maresciallo per il disonore!

L'alternativa era parlare dell'appuntato Misfatti, del suo intestino, del vetro del cesso. Non era tuttavia argomento che potesse essere portato in tavola.

Quando il maresciallo Maccadò, la faccia tribolata, entrò in casa, Maristella gli si fece incontro.

La moglie del Vignetta era passata nel pomeriggio per invitarli a cena la sera successiva, gli comunicò immediatamente.

«E tu le hai detto che non possiamo?» ribatté il Maccadò.

Perché mai avrebbe dovuto?, obiettò la marescialla.

«Fammi dare una sciacquata alle mani», rispose l'uomo, «che poi ti spiego.»

111.

Il plico delle cartoline sotto gli occhi, l'inutile penna tra le dita, il brigadiere Mannu ragionava. Il dubbio aveva preso forza, tentava di farsi certezza.

Andavano bene cartoline e formule di saluto uguali per tutti?

Non c'era forse la possibilità che, scambiandosi l'un l'altro, di zio in zia, la notizia, mostrandosi a vicenda le cartoline, andassero a pensare che lui era stato frettoloso, superficiale?

O addirittura che andassero a sospettare che quattro anni di vita sul continente l'avessero fatto diventare presuntuoso, che avesse messo su arie e si vergognasse un po' delle sue origini?

Rimise le cartoline nel cassetto. La penna invece la tenne in mano. Dal pianterreno, dalla guardiola del piantone, veniva il gracchiare della radio. Grattandosi la nuca con la penna, il brigadiere scese a dare un'occhiata.

«Fa i capricci?» chiese al giovanotto che stava freneticamente spostando il contatto a molla, il famoso «baffo di gatto», su diversi punti del cristallo di galena, per trovare la maggior efficienza di rivelazione.

«Come il tempo», rispose il Milagra.

Il tempo in Islanda, intendeva. Che stava obbligando la squadra dei trasvolatori a una pausa forzata, nel freddo polare e con il sole come se fosse sempre mezzogiorno.

«Quasi li invidio», disse il Mannu.

Per il freddo, naturalmente.

«Anch'io», gli fece eco il Milagra guardando dritto in viso il brigadiere e sgranando gli occhi azzurri come il cielo.
«Be'», concluse il Mannu, «ritorno sopra. E tienimi informato.»
«Comandi, brigadiere.»
In quel momento la radio emise un rutto e poi si spense.

112.

A notte fonda, immobile sulla branda, gli occhi sgranati verso il soffitto e con l'impressione che quello che gli gocciolava dalla fronte e sul collo non fosse sudore ma olio puro, il brigadiere Mannu prese la decisione: nessuna cartolina, niente a nessuno.

Nessun affettuoso abbraccio o bacio o saluto dal lago o pensiero costante. Niente di niente.

Tanto, di lì a meno di due mesi gli sarebbe toccata la licenza e avrebbe fatto ritorno in Sardegna. E allora li avrebbe salutati e abbracciati e baciati tutti, da zia Ninna a zia Osmide, da zio Pino a zio Sisinno.

Se gli avessero rimproverato di non aver mai scritto, una scusa l'avrebbe trovata. Magari avrebbe dato la colpa alle Regie Poste, che si sapeva come funzionavano.

Aveva tempo per decidere, trovare la scusa giusta, pensò sbadigliando.

E, sbadigliando, piombò nel sonno.

113.

La mattina di venerdì Carmela Marciacotta in Misfatti restò di stucco.

Erano le otto e un quarto, minuto più minuto meno, e suo marito, l'appuntato, era uscito da un quarto d'ora, quando si ripresentò alla porta di casa.

«Cosa ci fai di nuovo qui?» chiese.

«Devo andare al cesso», rispose lui.

Al cesso?, un'ombra di terrore, sul viso e nella voce.

«Cos'è 'sta novità?» le uscì di botto.

«Dopo ti spiego», tagliò corto l'appuntato. Aveva fretta.

«Sta' attento però!» gridò lei alla schiena del marito.

Perché quello di casa Misfatti non era un cesso.

Una camera sterile, piuttosto.

La Misfatti era fanatica dell'ordine e della pulizia. Spendeva un capitale in cera per mobili e pavimenti. Riceveva malvolentieri gente in casa per via delle impronte che gli intrusi lasciavano dappertutto. Vedeva di malocchio i libri che, si sapeva, altro non erano se non ricettacoli per polvere e chissà cos'altro.

Il cesso, poi, era un suo pallino. Una camera sterile appunto, per entrare nella quale anche il padrone di casa doveva chiedere il permesso.

«Se proprio devi», rispondeva il più delle volte la donna.

Quindi quella mattina, dopo aver incassato la frettolosa risposta del marito, la Marciacotta in Misfatti si sedette in cucina, attendendolo al varco.

Voleva, aveva diritto a una spiegazione.

114.

Rispondeva al vero ciò che il Seccanati aveva dichiarato, e cioè che gli avesse dato quella disposizione circa il vetro?

Contrito, l'appuntato Misfatti aveva dovuto rispondere sì.

«Lo ammetto, maresciallo.»

Però..., aveva aggiunto.

E, con dovizia di particolari, s'era giustificato spiegando al Maccadò la singolarità della sua peristalsi intestinale.

«Ne prendo atto», aveva detto il maresciallo al termine della relazione.

Ma gli era sembrato necessario stabilire una regola d'uso per il cesso della caserma.

«Valida a partire da questo momento.»

E cioè: coloro che potevano disporre di servizi igienici personali, a portata di mano, come appunto lui e l'appuntato, che avevano casa in paese, avrebbero limitato i ricorsi a quelli della caserma alle sole occasioni eccezionali.

Eccezionali! Categoria entro la quale non si poteva iscrivere il cronico bisogno mattutino, più che documentato, cui l'appuntato andava soggetto.

Così quella mattina, in obbedienza alla nuova disposizione, il Misfatti, dopo aver sorbito il caffè, era uscito, aveva fatto quattro passi in contrada e infine, marciando di buon passo, era rientrato a casa.

Udita la spiegazione, Carmela Marciacotta comprese che da quel giorno nuove insidie avrebbero preso d'assalto il lindore della sua casa.

«Ma da quando è così?» chiese al marito, e intendeva l'intestino.

«Sempre avuto», rispose lui.

«Potevi dirmelo prima», sbottò la donna.

«Prima quando?»

«Prima di sposarci.»

L'appuntato Misfatti cercò una risposta adeguata.

«Ormai è tardi», disse infine.

E uscì.

115.

Un comportamento superficiale, addirittura insensato!

Manifesta incapacità!

Bon, pensò il Vignetta, la cornetta ben salda in mano: il Federale aveva ricevuto il certificato.

Ma cosa aveva nella testa, perché non l'aveva detto prima?

«Perché...»

Voleva che Sua Eccellenza si beccasse la TBC?

«Io, veramente...»

E che la provincia di Como passasse alla storia per quella bella impresa?

«Ci sarebbe...»

Ma che aria tirava lì a Bellano? Possibile che non si potesse fare affidamento su nessuno? Prima quell'asino con il contrabbando di materiale pornografico, adesso un... un incapace, un superficiale... un...

Possibile?

In ogni caso si ritenesse sollevato dall'incarico!

Benissimo, pensò il Vignetta.

Dopodiché avrebbe magari commissariato la sezione!

E circa i quindici firmatari della lettera, altro che encomio! Esigeva comunque gli indirizzi, aveva una canzoncina anche per loro!

Il cavalier Vignetta fischiava di rado, e ancor più di rado cantava. Quando sua moglie lo vide prepararsi per uscire e gli chiese dove stesse andando, lui rispose: «Dal mio amico maresciallo», modulando la risposta sulle note del *Rigoletto*, bella figlia dell'amore.

Era una notizia da condividere subito, quella, roba da festeggiare!

116.

Con una piccola festa, com'era tradizione, l'ottantunenne Ida Fuscini venne accolta sabato mattina presso il Pio Ospizio San Generoso.

Adeguandosi al suo passo lento, la superiora le fece visitare l'edificio. Nella camerata si fermò davanti al letto che era stato della Domenici.

«Questo è il vostro letto», disse la suora.

«Chi ci ha dormito prima?» chiese la Fuscini.

«Una cara signora, come voi», rispose.

«E come si chiamava?»

Alla superiora scappò un sorriso.

«Quale Stagione.»

«Che nome è mai?» chiese la Fuscini.

«Adesso vi spiego», disse la superiora prendendola sottobraccio.

117.

Due camion carichi all'inverosimile di rottami metallici, ciò che sino a pochi giorni prima era stata la motonave *Nibbio*, partirono nelle prime ore del pomeriggio di lunedì da Como diretti ai cantieri Breda di Venezia. Viaggio lungo e, stante il peso del carico, da effettuare a velocità ridotta. Prima di mercoledì non avrebbero raggiunto la meta finale.

Poco prima che partissero, il comandante Gaetano Zemiani, che prendeva servizio in quel momento, s'era fermato a chiacchierare con uno dei due autisti, un giovanotto di Torno di cui conosceva i genitori.

Il giovanotto, scherzando, gli aveva detto che, benché il suo camion fosse dotato di ben sei marce, era sprovvisto di quella che più gli sarebbe servita per un viaggio con quel po' po' di carico.

«Cioè?» aveva chiesto il comandante Zemiani.

«Quella funebre», aveva risposto quello ridendo.

118.

Volavano i trasvolatori?
«Volano brigadiere, volano!»

119.

Volan?

E poi Sermian.

E Pitis, Cois, Sorsini, Gunna…

…Difabre, Setticelli, Appieni, Zerolungo, Castian, e Morbo.

Infine, forse, un Carfana, un Dettice e un Armonioso. Difficile capire la grafia.

In ogni caso erano quelli i nomi dei camerati bellanesi che avevano firmato la famosa lettera.

Ma chi li conosceva?, si chiese il cavalier Vignetta.

Da quando in qua, a Bellano, c'era una famiglia Gunna?

Per non parlare delle altre.

Sorsini, Cois, Difabre, Setticelli e poi Volan!

120.

Volavano.

E, a furia di volare, i ventiquattro S 55 della Squadra Atlantica comparvero, la mattina del 15 luglio e in perfetta formazione di volo, nel cielo di Chicago per ammarare poi nel lago Michigan.

Fu il Milagra a portare la notizia in caserma la mattina del 16. Da qualche giorno aveva smesso di affidarsi alla sua zoppicante radio. Attingeva le notizie direttamente dai giornali, sbirciando i titoli all'edicola della Farfalà, in piazza Grossi. Non solo i titoli, a dirla tutta. Infatti, approfittando del fatto che la Farfalà coltivava una vera passione per il marsala all'uovo e con una certa regolarità lasciava incustodita l'edicola per visitare l'Osteria del Crachen, il carabiniere aveva più di una volta sfogliato il «Corriere della Sera», leggendo con comodo i resoconti della trasvolata e poi rimesso a posto il giornale come se niente fosse.

«Bene», rispose il brigadiere alla notizia. Anche se non gliene fregava niente, sentiva che in fondo un po' era contento. Non fosse altro per lo sguardo di limpido azzurro che illuminava il viso del giovanotto.

«Ti toccherà pagare da bere, a questo punto», aggiunse.

Il Milagra non trovò nulla da obiettare: per l'entusiasmo con cui aveva seguito la vicenda di Balbo e soci si sentiva parte della compagnia, come se su uno di quegli idrovolanti ci fosse stato anche lui. Logico che, a missione compiuta, bisognasse festeggiare, offrire una bevuta.

«Caffè?» propose subito.

Caffè, accettò il Mannu.

Per tre, poiché non si poteva certo andare al bar senza invitare anche il maresciallo.

Quattro, se ci fosse stato pure il Misfatti. Ma era in ritardo... Chissà, forse quella mattina l'intestino faceva le bizze, oppure la moglie aveva opposto qualche veto.

«Cos'è?» chiese il Maccadò. «Compi gli anni?»

Arrossendo vistosamente il carabiniere Milagra gli spiegò il perché dell'offerta.

«Beata gioventù, che sogna ancora!» esclamò il maresciallo.

All'uscita il Milagra diventò ancora più rosso, di fuoco.

«Ma fai bene, è giusto così», disse il maresciallo. «Bravo!»

Bravo ragazzo quel Milagra, lo pensava davvero il Maccadò.

Sincero, pulito, onesto...

121.

Con il «voi» d'ordinanza e con l'invito a cena sulla punta della lingua, il cavalier Vignetta, segretario dimissionato, tornò alla carica per un paio di giorni.

Il Maccadò resistette, temporeggiò: con quel caldone non aveva una virgola di appetito, meglio rinviare. La scusa gliel'aveva fornita sua moglie, che non aveva chiesto troppe spiegazioni: ma se una persona non piaceva al suo Nè, com'era come non era, pure a lei cominciava a stare un po' antipatica. Quindi, fintanto che afa e umidità continuavano a spadroneggiare, il maresciallo era convinto che non avrebbe più rivisto l'ex segretario.

Sbagliava.

Se lo trovò davanti infatti la mattina del 16. Sempre con il voi ma senza l'invito a cena.

L'elenco dei quindici, piuttosto.

I firmatari.

Chi erano mai quei Volan, Sermian, Pitis, Cois, Sorsini, Gunna, Difabre, Setticelli, Appieni, Zerolungo, Castian e Morbo?

Ci si era spaccato sopra la testa, disse. Aveva consultato le liste della sezione. Era andato anche in Municipio. Niente. Nessuno li conosceva.

E gli altri tre?

«Questi, maresciallo», il Vignetta li indicò con l'indice nodoso.

Quei tre di cui era difficile capire la grafia.

«Io leggo Carfana, Dettice e Armonioso.»

«Sì, sembrerebbe così...» mormorò il Maccadò.

Ma se non ne sapevano niente nemmeno all'anagrafe, temeva di non poterlo proprio aiutare in quel frangente.

«Vedete», interloquì il Vignetta, «avrei pensato...»

Insomma, lui sapeva...

«So che il vostro appuntato è una vera volpe in questo genere di cose, quasi un mastino, non molla fino a che non è arrivato in fondo. Se potesse darmi una mano a risolvere il mistero...»

Che fare? Dirgli di no?

«Senza naturalmente fare nomi...» gnagnolò il Vignetta.

Come se la cosa riguardasse loro, i carabinieri?, chiese il Maccadò.

Il cavaliere allargò le braccia, lasciava a lui decidere. Ma si aspettava un sì.

«Lasciate qua la lista», tagliò corto il maresciallo.

Il Vignetta sorrise appena, compunto, come un cerimoniere.

«Vi ringrazio maresciallo. Poi, quando passerà questo caldo...»

Eccolo con la cena!

«Ma certo, ne parleremo.»

«Gentile come sempre», disse il Vignetta alzandosi.

«Dovere.»

Parola grossa, rifletté il Maccadò. Rimava con potere.

Ma anche, ridacchiò, con sedere. Quello della Berilli.

122.

Sembrava uno che avesse preso i vermi o le emorroidi. Oppure che avesse le fregole della morosa fresca.

Ma la morosa, no, impossibile! Sorrise sotto i baffi – veri – la Scudiscia, mentre finiva di sciacquare i piatti: non l'aveva mai avuta ai suoi giorni, figurarsi adesso che, a parte i quasi cinquant'anni, era diventato grigio e malmustoso.

Vermi, quindi, oppure le emorroidi!

Con le schifezze che mangiava...

La carità cristiana però lei la conosceva e una corona d'aglio pronta all'uso poteva mettergliela a disposizione. Anche un paio di cucchiai dell'Antielmintico Carminativo del dottor Venegoni. O, in caso di emorroidi, la cipolla dei ciclamini per farne una pappetta da spalmare.

Però il primo passo doveva farlo lui, il Bigè, chinando il capo. Se invece preferiva la compagnia dei vermen o quella dei moròi, facesse pure e continuasse ad andare avanti e indietro come ormai da due o tre sere faceva. Se il Bigè credeva di farla franca si sbagliava perché lei, la Scudiscia, avrebbe potuto giurarlo anche davanti a Dio, pur se non era cosa, che alle otto in punto, mentre lei era all'acquaio, il Bigè usciva dal suo abituro.

Non era forse con il buio che quegli animaletti bussavano alla porta della loro casa?

E dove andava?

Ma dalla Gnagnolina, che dopo l'ultimo battello tornava a casa e riceveva verminosi, gravide, balbuzienti e moroidari.

Infatti alle nove, nove e un quarto al massimo, mentre lei era seduta nel corridoio della canonica davanti alla porta aperta a rammendare calze, polsini sfilacciati e giponini, il Bigè tornava, spesso grattandosi il didietro con una mano, a significare che gli ossiuri del sagrestano stavano opponendo una fiera resistenza alle arti magiche della Gnagnolina.

Lo poteva, come detto, giurare (lasciando da parte questa volta Nostro Signore) che le cose stavano così. Bastava guardarlo in viso, la faccia del Bigè per lei era un libro aperto: alle otto in punto, quando usciva, aveva un'espressione che sembrava stesse partendo per chissà quale avventura. Quando tornava invece era gnecco, ma gnecco gnecco. Appunto come se una morosa gli avesse detto no.

Ma visto e considerato che di una morosa non era nemmeno il caso di parlarne...

123.

Quell'ora, quel primo buio.

L'ora migliore.

Di giorno nemmeno a pensarci. Di notte meno che mai, con il rischio di finire in bocca a qualche carabiniere.

Quell'ora di primo buio invece, quando la gente stava ancora in casa, a cena o a digerire, le osterie erano vuote nell'attesa, le contrade prive di bambini, i negozi chiusi.

Quell'ora era la migliore. Aveva soppesato per bene la questione e alla fine il Bigè se n'era fatto certo. Aveva già accantonato l'idea di intervenire nella faccenda della vecchia e dire la sua, e invece aveva dovuto ritirarla fuori. Era successo quando sotto gli occhi gli era capitato «Il Gagliardetto» con l'articolo del Prestanome cui il maresciallo Elvio Carissimi, come da promessa, aveva raccontato gli sviluppi della vicenda.

Asino di un giornalista e mentitore, aveva rabbiosamente pensato il Bigè.

Ma quali «misteriosi motivi» che avevano spinto la donna ad abbandonare il Pio Ospizio!

Ma quale «mistero» su ciò che aveva fatto, dov'era andata!

Ma quale «tragica fatalità»!

Se fino a quel momento era stato zitto per non mettere di mezzo don Carlo, oltre che sé stesso, dopo la lettura dell'articolo aveva deciso: la verità doveva venire a galla. Quindi, lettera anonima.

Oddio, lettera…

Due righe, tanto bastava, e scritte in stampatello.

A PROPOSITO DI DOMENICI MARIA IL GIORNALISTA MENTE. LA DONNA FU A BELLANO QUEL POMERIGGIO.

Con la lettera pronta, aveva scelto l'ora migliore per uscire e imbucarla, quella del primo buio, ed era sceso in campo.

La prima sera era uscito di casa con un passo da parata che, man mano che si avvicinava alla buca delle lettere, era diventato da processione. A pochi metri dalla cassetta postale l'aveva preso il dubbio che forse esisteva un'ora ancora più idonea a quell'attività. Aveva passeggiato in lungo e in largo in compagnia del dubbio e poi s'era ritirato in casa, senza imbucare. Steso sul letto, guardando il soffitto marezzato, aveva di nuovo soppesato la questione e infine s'era riconfermato nel pensiero: quell'ora di primo buio era sicuramente la migliore.

La sera successiva, quando era nei pressi della buca, s'era trovato tra i piedi la Farfalà dell'edicola di piazza Grossi: ubriaca di marsala all'uovo, è vero, tant'è che stava canticchiando «Trotta, trotta cavallino», lo sguardo estatico rivolto al cielo. Non se l'era sentita di rischiare ed era ritornato sui suoi passi, grattandosi nervoso un po' la testa e un po' il didietro.

La terza sera aveva deciso di temporeggiare: manovra diversiva!

Infatti, si ammettesse il caso che qualcuno l'avesse visto. E si fosse incuriosito per quelle sue uscite. E lo stesse curando. Nessuna meraviglia in quel paese di ruffiani.

Era uscito, ma senza la lettera in tasca, tanto per fare due passi.

Ne aveva ben diritto, no?

Aveva recitato la parte dell'uomo a spasso attratto dal paesaggio, e che l'eventuale curioso si rendesse conto che non c'era proprio niente da vedere!

La quarta sera era partito in tromba. Tra l'altro c'era un cielo scuro, un piombo di nuvole che promettevano temporale. Il buio era ancora più buio. Il temporale poi non era arrivato. E il Bigè, ancora una volta, non aveva imbucato. Perché sul più bello gli era venuto in mente che teneva ormai la lettera in tasca da quattro giorni e magari sulla busta poteva essersi depositata una traccia, una macchia o anche un semplice odore, che avrebbe potuto mettere il maresciallo Maccadò sulle tracce dell'anonimo scrivano. Era tornato a casa sempre più gnecco e così la sera seguente quando, con la lettera in una busta nuova di pacca, un cane rognoso, forse attratto dall'odore di minestra che emanava dai vestiti, gli si era accodato mentre scendeva da via Cavour e non aveva smesso di guaiolare nemmeno un minuto, con il rischio di richiamare l'attenzione di chissà chi.

Gnecco, sempre di più.

Tornava traversando in diagonale la piazza della chiesa, passando davanti alla canonica dove, tutte le sere, don Carlo aspettava l'ora di coricarsi sdraiato sulla sedia a dondolo di lato alla magnolia.

Lo salutava.

E l'arciprete gli rispondeva usando il soprannome con cui tutti in paese lo conoscevano: «Buonasera, Bigè».

124.

Tre giorni di indagini serrate, senza tregua.
Telefonate, fonogrammi, telegrammi.
Senza risparmio, senza badare a spese.
Il signor maresciallo era stato chiaro, voleva sapere a chi appartenessero quei nomi, cosa facessero nella vita, dove abitassero.
Perché, non era affar suo.
L'appuntato Misfatti aveva obbedito, aveva taciuto e aveva indagato. Era certo che non avrebbe deluso le aspettative del superiore, quello era il lavoro che prediligeva: grattare la vernice, scavare nelle vite altrui, scoprire gli altarini.
Tre giorni di indagini e il risultato arrivò.
«Stupefacente», disse il Misfatti.
«Sì?» fece il Maccadò.
«Se posso.»
Poteva, rispose il maresciallo.
L'appuntato srotolò un foglio che teneva nella mano destra, poi si schiarì la voce.
E cominciò.
Narciso Cois, nato a Scorzè il 27 aprile 1910.
Porfirio Armonioso, nato a Bagnara Calabra il 4 febbraio 1911.
Onorato Volan, nato a Oderzo il 7 agosto 1910.
Pancrazio Difabre, nato a Campodarsego il 22 settembre 1909.
Cherubino Setticelli, nato a Spinea il 2 aprile 1911.

Quirino Castian.
«Pure lui nato a Spinea, il 28 luglio 1911.»
Bonaventura Morbo, nato a Sessa Aurunca il 7 dicembre 1911.
Biagio Sermian, nato a Pieve di Soligo il 19 dicembre 1911.
Ercole Gunna, nato a Susegana il 24 ottobre 1909.
Eustorgio Zerolungo, nato a Campodarsego il 10 agosto 1910.
Fosco Dettice, nato a Cremona il 16 novembre 1911.
Melchiorre Carfana, nato a Martellago il 29 maggio 1909.
Giustino Appieni, nato a Eraclea il 17 gennaio 1910.
Filoberto Sorsini, nato a Porcia il 18 giugno 1911.
E, per finire, Amedeo Pitis, nato a Malo il 20 agosto 1911.
«Insomma», disse l'appuntato, «tutti veneti, tranne un paio di meridionali e un lombardo. Ma, e qui sta la cosa stupefacente, attualmente residenti a Littoria, dove, guarda caso, risiede anche il nostro ex concittadino...»

125.

«Mauro Imborsati», disse il Maccadò.

«Lui?» fece il Vignetta.

«Proprio.»

Cui probabilmente, prima della forzata partenza da Bellano, era rimasto attaccato alle mani qualche foglio di carta intestata della sezione e, per vendicarsi della sanzione, si era inventato quel bello scherzo. Così, per mettere alla berlina il Partito, la Federazione, la sezione stessa...

«E il sottoscritto», interloquì il Vignetta.

«Era al corrente del...» chiese il maresciallo restando a metà della frase: non sapeva come definire il rapporto del cavaliere con la Berilli.

«Credo di no», mormorò il Vignetta. «Ma non si può mai sapere...»

E, subito, aggiunse: «Solo tu lo sai per certo».

Eccolo, il tu dei momenti critici: «Posso contare sul tuo silenzio?».

«Sul mio senz'altro», rispose il Maccadò.

Il Vignetta si irrigidì.

Voleva dire?

Il maresciallo allargò le braccia.

Glielo aveva chiesto lui di affidare le ricerche al Misfatti. E si sapeva com'era fatto l'appuntato, quando nel naso gli entrava odore di intrallazzi.

Il cavaliere si alzò. Il Maccadò era pronto a ricevere

nuovamente l'invito a cena e a ribadire che, passato il caldo...

Invece niente.

«Bene, vi ringrazio ancora maresciallo», disse il Vignetta.

E uscì, lasciando il Maccadò finalmente solo.

126.

Solo, in contrada, la buca delle lettere a dieci metri, lì dietro l'angolo.

Un rumore di finestra che si apriva lo bloccò.

Il Bigè si schiacciò contro il muro.

Quella sera o mai più, s'era detto uscendo di casa una mezz'ora prima.

Aveva elaborato un piano infallibile. La lettera, piegata in quattro, chiusa nella mano a pugno. Passare a filo della buca, fingere di inciampare, appoggiare la mano sulla bocca della cassetta, buttarla dentro e poi riprendere come se niente fosse.

Piano perfetto.

La finestra si aprì del tutto. Il Bigè si fece esile come una sardina. Non capiva se la finestra era da quel lato oppure di fronte.

Di fronte.

La donna si affacciò. Parlava. Aveva in mano un vaso ripieno di acqua di fiori marci.

Parlando lo vuotò nella contrada.

Per evitare di prendersi in testa quel getto puzzolente il sagrestano si spostò quel tanto che consentì a parte dell'acqua di infilarsi nella tasca della giacca dove stava la lettera.

Continuando a parlare, la donna chiuse la finestra. Il Bigè, infilata subito la mano in tasca, constatò che, anche per quella sera, non c'era più niente da fare. La lettera era zuppa, l'inchiostro probabilmente dilavato.

Riprese la strada di casa, cupo che più non si poteva. Gli sembrava di vederla, in mezzo alle altre, a quelle dei lampioni, a quelle che si muovevano dietro le finestre illuminate, a quelle, lunghe, dei rari gatti, l'ombra del suo fallimento.

In piazza della chiesa si fermò un istante.

Quella sera o mai più, s'era detto uscendo di casa.

Doveva tener fede all'impegno o ritentare?

Bisognava riflettere.

Riprese a camminare.

Davanti alla canonica, come al solito, salutò don Carlo, seduto sulla sedia a dondolo.

Non ricevette risposta.

Ripeté il saluto, si avvicinò al giardinetto.

Il sacerdote stava a occhi chiusi, ma era normale. Un braccio, il destro, però, pendeva stranamente a terra.

Sembrava...

Il Bigè suonò, comparve la perpetua.

«Se ghèt, Bigè?»

Ma anche la Scudiscia notò subito quel braccio.

Mai più, stava pensando il sagrestano.

127.

Il vestito era quello buono, della festa. Di panno spesso, nero, adattato da uno smesso dell'Ubaldo.

Aurelio Pereni fu uno dei quattro volontari che il 19 luglio, sotto l'impietoso sole delle quattro pomeridiane, portarono a spalle verso il cimitero la bara col corpo di don Carlo.

Fu il contrasto con il nero della stoffa che impose al brigadiere lo sguardo azzurro del Pereni, ricordandogli il Milagra.

L'azzurro!, pensò, mentre saliva lentamente, a fianco del maresciallo, lungo la scalinata che dalla prepositurale portava al cimitero.

Era, l'azzurro, il colore dei cieli di Siliqua. Ma anche dei sogni, delle illusioni. Colore che illuminava il volto del Milagra quando parlava dei trasvolatori. Colore di pazzia. Quello sognava. Quell'altro immaginava cose. E intanto si finiva lì, nel nerobuio, nel colore della stoffa del vestito buono. Ma senza fretta, un giorno dopo l'altro, a passi lenti, come quelli del corteo che giunse infine davanti alla «cappella dei preti», chiamata così poiché lì venivano inumati tutti i sacerdoti nativi del paese.

Il maresciallo Maccadò emise un fiato lungo.

«Non ho più vent'anni», disse sottovoce al brigadiere.

E soprattutto aveva in tasca una lettera che gli premeva leggere quanto prima.

128.

Gliel'aveva data la Scudiscia prima che il corteo funebre partisse. Gli si era avvicinata e con voce calda come un brodo gli aveva chiesto se poteva seguirla in cucina.

Una volta lì, dopo aver frugato in una tasca del scosàa: «Per lui!» gli aveva detto, tendendogli la busta. In cucina c'erano solo loro due: il Maccadò aveva capito che intendeva dire «Per voi».

O meglio, «Per il signor maresciallo maggiore Ernesto Maccadò», come era chiaramente scritto in bella grafia, la grafia di don Carlo.

Il maresciallo aveva intascato la busta e aveva fatto per tornare fuori. La Scudiscia gli aveva messo una mano secca sul braccio.

«Da un paio di giorni don Carlo se lo sentiva che stava arrivando l'ora», aveva detto.

Due giorni prima di morire le aveva consegnato quella lettera, dicendo di conservarla, non consegnarla subito. Sulle prime lei non aveva capito.

«Ma allora quando?» aveva domandato.

«Al momento opportuno», aveva risposto l'arciprete.

Allora aveva capito e gh'èra vegnù el magòn.

129.

Aveva necessità di salire sopra, disse la mattina seguente l'appuntato Misfatti.

Il maresciallo Maccadò lo guardò ma, prima di dargli retta, volle concludere il ragionamento che stava facendo tra sé.

La sera prima infatti sua moglie Maristella gli aveva detto di aver incrociato per strada la signora Vignetta, la quale però, anziché inondarla con i soliti, imbarazzanti complimenti, era rimasta sulle sue, asciutta asciutta.

«Io non voglio sapere cosa sia successo tra voi due, se tu non vuoi o non puoi dirmelo», aveva detto la marescialla.

Ma non era disposta a sopportare che quella facesse con lei il bello e il cattivo tempo. Dei loro agoni in carpione e della loro polenta non avevano certo bisogno per mangiare!

«Non ci pensare», aveva risposto lui, simulando uno sbadiglio. Ed era finita lì, per la marescialla, che era piombata subito nel sonno. Lui invece non aveva potuto fare a meno di ragionare intorno a quanto la moglie gli aveva riferito: niente di più facile che il Vignetta, temendo che lui avesse spifferato tutta la storia alla moglie, avesse iniziato un'opportuna manovra di allontanamento, inventandosi chissà quali storie.

In fin dei conti però sua moglie aveva ragione: non avevano bisogno dei loro agoni e della loro polenta per campare. E se il cavaliere aveva la coda di paglia, affari suoi, era inutile che lui ci perdesse tempo e sonno.

Chiuso il pensiero, poté dare retta all'appuntato.
«Sopra dove?»
«Al cesso», chiarì il Misfatti.
«E come mai?»
«Evento eccezionale, urgente.»
«Vi è venuta la sciolta?»
«Un attacchino...»
«Così improvvisamente? Come mai?»
«Guardate qua!»
Il maresciallo guardò.
E be'? Cosa c'era di strano, una richiesta di note informative...
«Certo», confermò l'appuntato.
Che però riguardavano il carabiniere semplice Riccardo Milagra!
«Che cosa?» sbottò il Maccadò.
«Posso?» pregò il Misfatti.
Salire sopra, voleva dire.
«Ma sì!»
Al cadere dell'accento sul sì l'appuntato era già per le scale.
Bisogno vero in realtà non ne aveva. Ma come nel caso della Berilli, non aveva nessuna voglia di assumersene l'incarico, smazzarsi quella rogna. In fin dei conti non era scritto in nessun regolamento che delle note informative dovesse occuparsi lui in persona!
Una tantum poteva pensarci qualcun altro!
Il mangiapecore, per esempio.
Perché no?
Era tanto amico del Milagra, lo proteggeva, gli dava buoni consigli...
Buoni consigli!
Ecco dove portavano!
Il Misfatti aveva aperto la nota finestrella e scrutava il via vai della gente che passava per via Cavour.
Gli serviva solo una buona, un'ottima scusa per giusti-

ficare al comandante l'impossibilità, in quel frangente, per quella volta, di occuparsi delle informative.

Il cesso, non c'era posto migliore: solo lì poteva riflettere con comodo e aspettare l'ispirazione.

130.

Cosa diavolo poteva aver combinato il Milagra?

Aveva forse in giro una morosa, frequentava donnacce... o forse quel viaggio a Lecco di cui non aveva specificato il motivo...

Possibile che lui, padre non solo dei suoi figli ma anche, come gli piaceva dire, dei suoi carabinieri, non si fosse accorto di nulla?

O addirittura che uno di loro, carabinieri naturalmente, sapesse qualcosa e non gli avesse detto niente?

Il Maccadò stentava a credere a quest'ultima ipotesi ma non aveva voglia di perdersi in altre congetture. Con il Misfatti al cesso, l'unico cui sottoporre la questione era il Mannu.

«Brigadiere!» chiamò nervoso.

Se lo trovò davanti in un secondo.

«Comandi, maresciallo!»

Il Maccadò aprì la bocca ma non ne uscì una parola. Un pensiero l'aveva appena fulminato.

Chiedere al brigadiere se gli avesse tenuto nascosto qualcosa circa il Milagra, in fin dei conti suonava come una mezza accusa di complicità. Era un po' come mettere in dubbio la sua lealtà verso di lui: il Mannu non si meritava un simile sospetto.

Meglio lasciar perdere, rifletté il Maccadò.

Però adesso...

Adesso qualcosa gli doveva pur dire, giustificare il fatto di averlo chiamato lì.

E perché no?, pensò il maresciallo.
«L'ha vista», disse quindi.
Il Mannu non capì.
«Come?»
«Volevo dire che quel Pereni», chiarì il maresciallo, «l'ha vista davvero la donna, quella dell'ospizio.»
«Ah sì?»
«Certo. Me l'ha detto don Carlo», confermò il Maccadò.
Il brigadiere socchiuse gli occhi.
Che sciocco, pensò il maresciallo picchiandosi una mano sulla fronte.
«Scritto, cioè», corresse.
Poi si infilò una mano nella tasca e ne estrasse quella lettera.
«Leggila un po'», disse, «dopodiché falla sparire.»

131.

Don Carlo non aveva perso tempo. Dopo la Canzi, era andato dalla levatrice. La quale aveva tentato di ammannirgli la storia del bambino morto subito dopo il parto e seppellito in gran segreto. L'arciprete l'aveva lasciata parlare e poi le aveva detto di essere certo che le cose non fossero andate a quel modo.

«Volevo la verità», aveva scritto.

E l'aveva avuta. La levatrice gli aveva fatto promettere che ciò che sapeva sarebbe rimasto un segreto, come se fossero in confessione, e gli aveva raccontato tutto.

«Mi disse che l'idea era stata sua.»

Le era venuta subito, appena il marito della Canzi l'aveva contattata. Aveva promesso che avrebbe aiutato quella donna, l'avrebbe fatta partorire, avrebbe mantenuto il segreto. Ma non voleva soldi. Il bambino piuttosto. Un figlio da dare a sua sorella. Lo desiderava più di ogni altra cosa al mondo, al punto che, per averlo, lei e suo marito avevano stravolto la loro vita, cambiando lavoro, città, abitudini.

Il marito della Canzi sulle prime aveva avuto più di una perplessità: come si poteva rubare un figlio alla propria madre?

La levatrice gli aveva ribattuto che, comunque andasse, il neonato sarebbe stato destinato a un orfanotrofio. Avrebbe avuto una vita difficile, anche se l'avessero lasciato alla madre naturale. Sarebbe stato per sempre solo un bastardo.

Invece bastava dire alla donna che il bambino era morto subito dopo il parto. Le avrebbero dato un dolore, certo! Ma con il tempo sarebbe passato. E nel frattempo il bambino sarebbe cresciuto in una vera famiglia, protetto, accudito. Non sarebbe stato un bastardo.

L'uomo alla fine s'era lasciato convincere. Aveva pensato a tutto la levatrice, sino alla fine.

Sino al trasferimento notturno in barca, con il neonato avvolto in pesanti coperte, per raggiungere la sua nuova dimora, la casa di Ubaldo Pereni, la casa di Lidia Sfazzi, che aveva viaggiato con loro dopo sei mesi trascorsi a Gravedona in casa della sorella.

«Mio caro maresciallo, adesso che sento la mia ora avvicinarsi non so ancora se ho fatto bene a mantenere il segreto. A volte mi dico di sì, altre no. Adesso però, mentre voi leggete queste righe, so per certo di essermi finalmente spiegato con la mia cara Maria. Pregate per me e dopo aver letto queste righe distruggetele.»

«Tocca a voi», disse il brigadiere Mannu, restituendo la lettera al maresciallo.

Archiviare del tutto quella storia, ovvero distruggere quel foglio come da ultima volontà del signor arciprete.

132.

Restava aperta la faccenda Milagra.

Perché diavolo l'Arma voleva informazioni su di lui?

Il pensiero lo rodeva, lo faceva sentire un po' fesso.

Che anche lui – come il Vignetta, come don Carlo, in fondo, benché per ragioni diverse – nascondesse, sotto quella solita, un'altra faccia? Il candido Milagra, che arrossiva se uno alzava appena appena un po' la voce. Che una settimana sì e l'altra pure scriveva cartoline a mamma e papà, che...

Non ci poteva credere, ma l'esperienza degli ultimi giorni l'aveva messo all'erta.

Il maresciallo Maccadò afferrò la cornetta del telefono, compose il numero.

«Chi è?» rispose quasi subito il maresciallo Coppoletti, responsabile dell'ufficio interno alla tenenza di Lecco.

Napoletano.

«Chi cazzo è?» ripeté non avendo inteso il nome del Maccadò che, per non farsi sentire da nessuno, più che parlare aveva soffiato le parole.

«Cumpà!» salutò infine, dopo aver capito chi c'era all'altro capo del filo.

Il Maccadò non aveva però intenzione di adeguarsi all'esuberante tono di voce del collega napoletano. Così che, dopo due minuti, il Coppoletti, sempre ridendo, sempre parlando come se in bocca avesse fuochi d'artificio, disse: «Cumpà, non ho capito un cazzo!».

Gli dicesse per bene come cazzo si chiamava quel carabiniere!

«Mila...?»

«...gra», completò il Maccadò.

«Aggio capito mo'», fece il Coppoletti.

Ma non poteva aiutarlo più di tanto, spiacente assai.

«Perché?» chiese il maresciallo.

«Richiesta in transito», spiegò.

«Cioè?»

Cioè, cioè...

«Sai come vanno queste cose, no, cumpà? Richiesta che proviene da altri comandi.»

«Altri comandi?» chiese il Maccadò.

E quali?

«In questa fattispecie», spiegò il Coppoletti, «la Regia.»

Al maresciallo risultava che di Regi ci fossero solo loro.

«E dici bene», fece il Coppoletti.

«I Regi tengono i cuglioni», aggiunse.

La Regia invece teneva 'a fèssa.

«Che Regia?» chiese il Maccadò.

«Ma l'Aeronautica, no?»

«E cosa vuole da un mio carabiniere?»

Il Coppoletti rise francamente.

«Che vuole 'a fèssa da un paio di cuglioni?»

Fottere, no?

«Sarebbe a dire?» chiese il maresciallo Maccadò con la cornetta ancora stretta nella mano.

Ma il Coppoletti mica lo sentì. Aveva riattaccato. Rideva.

'Sti marescialli di paese...

133.

Di idee buone non gliene erano venute. Una bottarella di sonno piuttosto, un quarto d'ora abbondante.

Risvegliatosi, l'appuntato Misfatti tirò comunque lo sciacquone. Poi scese di sotto, quatto quatto.

Si accomodò nel suo ufficio in attesa degli eventi. Si aspettava la chiamata del maresciallo.

Non venne.

Bene, rifletté. La questione Milagra era stata affidata ad altri.

Però gli sarebbe piaciuto sapere perché l'Arma aveva chiesto informazioni su di lui, capire cosa diavolo avesse combinato...

I

Fu un caso del destino a far sì che lo stesso giorno in cui la Centuria Alata di Italo Balbo toccava il suolo di Roma rientrando dai trionfi americani, al carabiniere Riccardo Milagra giungesse la notizia che tanto aspettava?

Il giovanotto non si pose il problema.

Sta di fatto che il Milagra dimenticò la radio, tralasciò pure di sbirciare i giornali all'edicola di piazza Grossi. Spesso bisognava chiamarlo un paio di volte per ottenere risposta.

«Sembra un innamorato», confessò a un certo punto il brigadiere Mannu al Maccadò, «con la testa sempre tra le nuvole.»

Il maresciallo, prima di rispondere, lo guardò.

Doveva o non doveva rivelare l'arcano?

«Appunto», disse, e chiuse lì la questione.

II

Il 1° settembre, il caldo che aveva assediato l'intero lago di Como sino alla fine di luglio era ormai un ricordo.

«Semmai vi mancasse», promise il brigadiere Mannu, «ve ne porto un po' dalla Sardegna.»

Aveva in tasca una licenza di tre settimane e la prospettiva di dover affrontare un battaglione di zii e zie che l'avrebbero sottoposto a un fuoco incrociato di domande: tra le altre quella, perché non scriveva mai. Una risposta ancora non l'aveva. Contava sul lungo tempo del viaggio per inventarsi qualcosa.

«Grazie», rispose il maresciallo all'offerta di un nuovo caldo d'importazione, «ma per quest'anno ne abbiamo avuto abbastanza. Di lui e dei suoi effetti collaterali!»

E d'istinto spostò lo sguardo sul carabiniere Milagra, che arrossì.

Pure lui in partenza. Però verso il battaglione allievi piloti nel distaccamento Centro III ZAT della Scuola di volo di Capua, per iniziare il corso teorico di pilotaggio della durata di tre mesi, arruolato volontario nella Regia Aeronautica quale allievo aviere del corso speciale di pilotaggio indetto con circolare 470 del 21 febbraio 1933, dispensa 30.

«Fatti onore», disse il Maccadò salutandolo.

E guardandolo uscire in compagnia del brigadiere si sentì come se davvero quello fosse un figlio suo che partiva per l'avventura della vita.

Si chiuse nel suo ufficio, in attesa che il silenzio assoluto della caserma venisse rotto dall'appuntato Misfatti e approfittandone per chiedersi se era permesso a un maresciallo dei carabinieri di essere così sentimentale.

Se gli veniva il magone per un carabiniere, chissà con i figli…

«Staremo a vedere!» concluse mentre il Misfatti entrava in caserma.

Aveva mancato di salutare i due per un pelo. Del mangiapecore gli interessava niente, tanto di lì a tre settimane se lo sarebbe ritrovato tra i piedi.

Il Milagra, invece, chissà se l'avrebbe mai più rivisto!

«Magari un giorno passerà qui sopra, volando», disse il Maccadò.

«Comandi», rispose senza necessità il Misfatti.

Pure il brigadiere Mannu aveva appena risposto così al Milagra, facendolo arrossire di nuovo.

Il fatto è che quello, lungo la strada che portava alla stazione, dopo mille esitazioni, schiaritasi la voce con un bel colpo di tosse, gli aveva chiesto se poteva fargli una domanda. E il brigadiere, così, per scherzo, aveva risposto: «Comandi!».

E: «Cosa c'è?» aveva aggiunto subito dopo, mentre nell'aria si sentiva già la campanella che annunciava l'arrivo del diretto Sondrio-Milano.

Niente di che, aveva risposto il Milagra.

Ma, prima che arrivassero a Milano, dove le loro vite e strade si sarebbero divise, glielo poteva spiegare cosa diavolo fosse 'sta mamma del sole?

Aveva sorriso il brigadiere Mannu. Perché la mamma del sole non era niente.

«Come niente?» era scappato al Milagra.

Con permesso ma, cazzo!, era da due mesi che si arrabattava attorno a quel dubbio e adesso gli diceva che non era niente?

Niente davvero.

Niente che si potesse toccare, o vedere.

Una cosa di fantasia, come il babau, il lupo cattivo, l'orco…

Ogni posto ha i suoi mostri, loro, a Siliqua, avevano la mamma del sole. Che non era niente, solo un'invenzione per spaventare i bambini e impedire loro di uscire nelle ore più calde della giornata, quando il sole batteva impietosamente su cortili e crani.

Ore in cui, consigliava zia Ninna, era meglio sonnecchiare.

Finito di stampare nel mese di marzo 2010
da Grafica Veneta s.p.a., Trebaseleghe (PD)

AMERICA
Cartwright
1.200 km
Shoal Harbour
800 km
Montreal
800 km
1.400 km
Shediac
Chicago
1.600 km
Nuova York
1.200 km
2.700 km
2
OCEANO ATLANTICO